suncolor

suncolor

白川紺子 著／李彥樺 譯

後宮之烏

7 海之彼方

suncolor 三采文化

登場人物介紹

夏高峻　剛即位的年輕皇帝。希望與烏妃壽雪成為「摯友」。

柳壽雪　現任烏妃。能施展神奇祕法。離群而居的神祕人物。

衛青　對高峻忠心耿耿的宦官。

九九　壽雪的侍女。個性單純又有點雞婆。

溫螢　奉衛青之命保護壽雪的宦官。

淡海　壽雪的另一名護衛。

衣斯哈　相當年輕的宦官。來自西方的少數民族。

令狐之季　洪濤殿書院學士，前職是賀州觀察副使。

晚霞 鵲妃。天真無邪的少女。對壽雪懷抱好感。

朝陽 晚霞的父親。賀州權貴。來自卡卡密國的少數民族首領。

白雷 巫術師。新興宗教「八真教」的教祖。

隱娘 「八真教」的年輕巫女。

麗娘 前任烏妃。已過世。

薛魚泳 前任冬官。已過世。

董千里 現任冬官，壽雪的協助者。

花娘 高峻的尊師雲永德（宰相）的孫女。與高峻是青梅竹馬。

世界圖

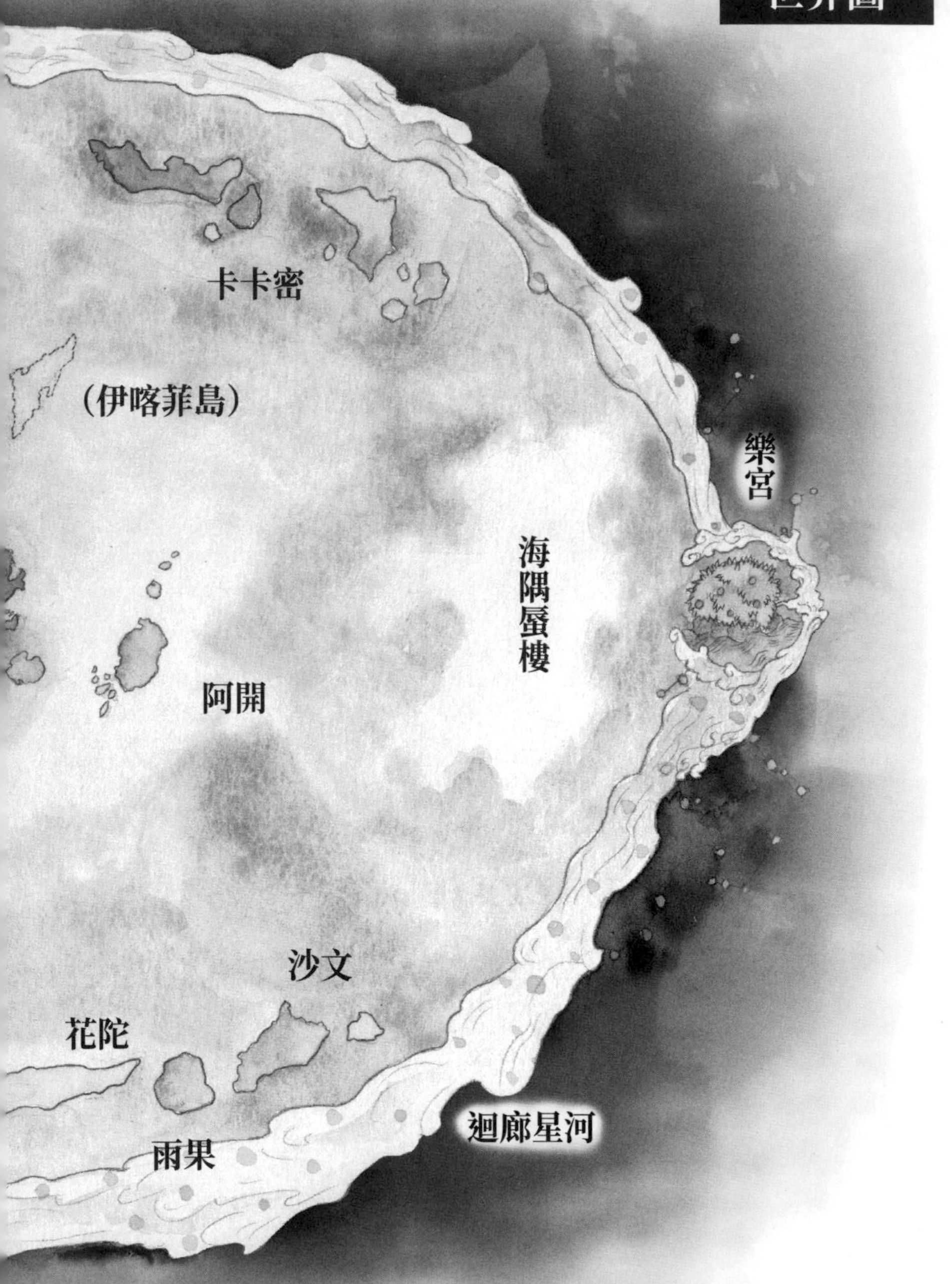

卡卡密
（伊喀菲島）
樂宮
海隅蜃樓
阿開
沙文
花陀
迴廊星河
雨果

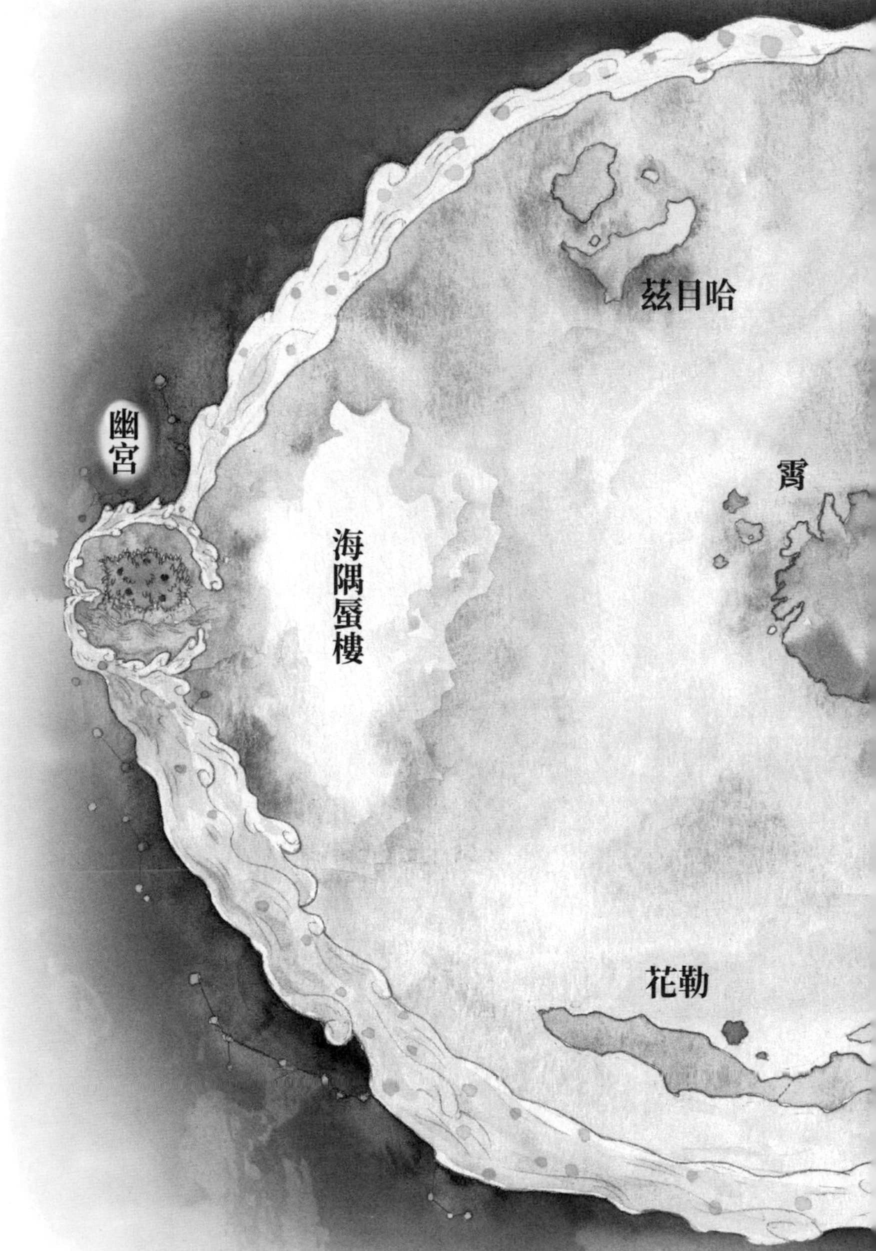

茲目哈
幽宮
霄
海隅蜃樓
花勒

霄國地圖

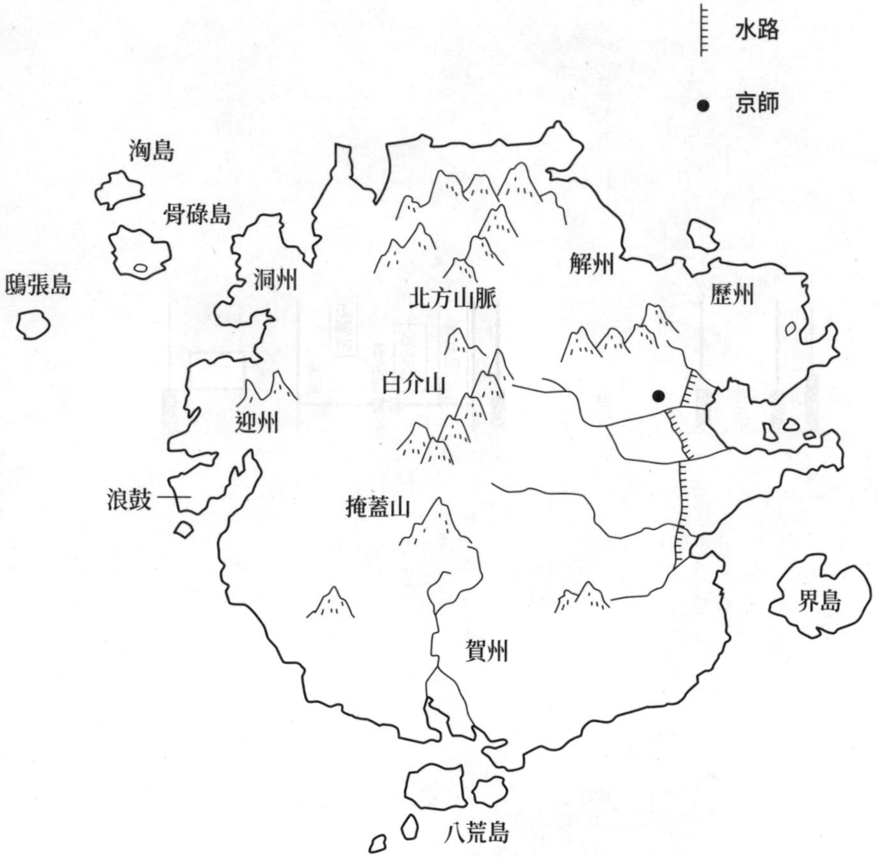

水路
京師
淘島
骨碌島
鵾張島
洞州
北方山脈
解州
歷州
白介山
迎州
浪鼓
掩蓋山
界島
賀州
八荒島

宮城內地圖

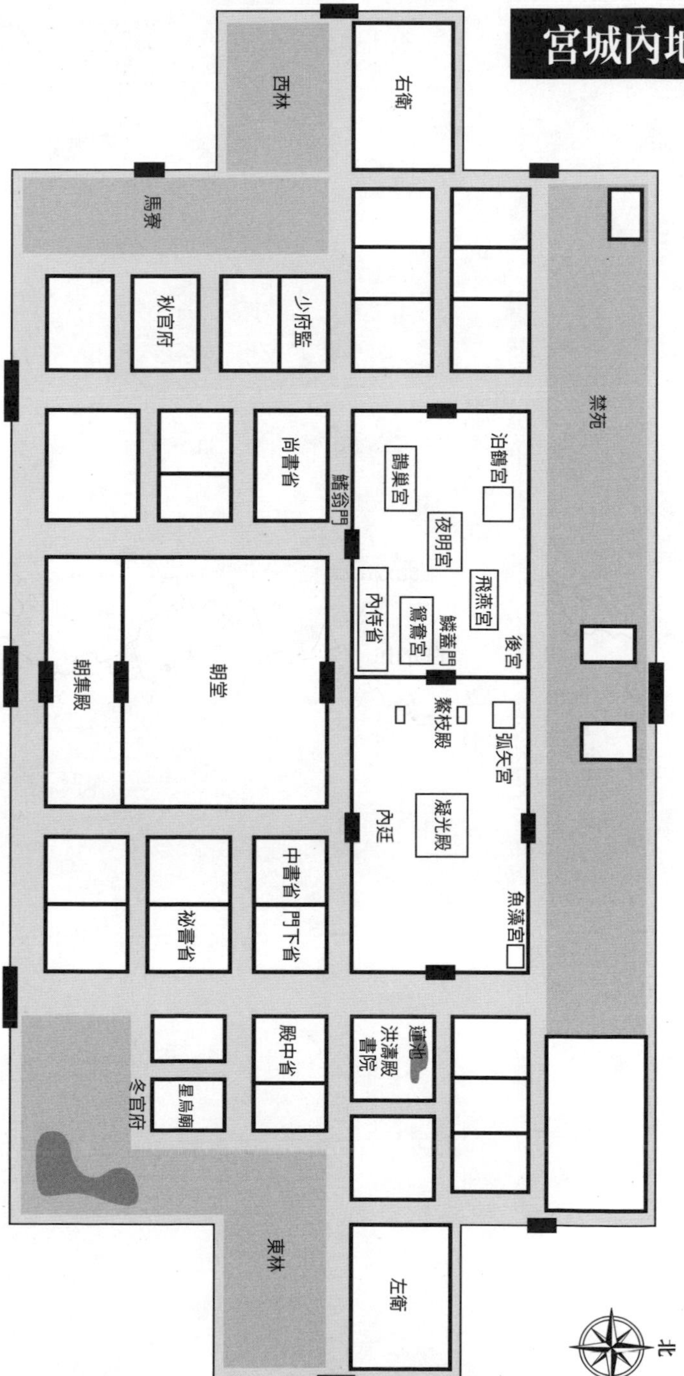
西林
右衛
馬寮
秋官府
少府監
禁苑
尚書省
鰭翁門
泊鶴宮
鵲巢宮
夜明宮
飛燕宮
內侍省
鴛鴦宮
麟蓋門
後宮
朝集殿
朝堂
鰲枝殿
弧矢宮
凝光殿
內廷
中書省
門下省
祕書省
魚藻宮
殿中省
蓮池
洪濤殿
書院
星烏廟
冬官府
東林
左衛
北

目錄

暗雲

壽雪來到高峻的面前時，通報海底火山噴發的急使尚未入城。

「吾須往界島一行。」

彼時高峻坐在內廷的私室，方讀完令狐之季送回的報告。聽得此言，他擱下書簡，凝視著壽雪。只見那少女面帶愁容，顯得如坐針氈。

「千里送回來的信，上頭寫了什麼？」

根據推測，烏漣娘娘的半身疑似化成了黑刀，沉在界島附近的海中。因此高峻將千里及之季送往界島查探詳情。此時他手邊有著兩人送回的報告，而千里除了回報高峻之外，也給壽雪捎了封信。

「界島之海似有異端。」

「之季在報告中也提到了。」

「此島乃邊界之島。」

「邊界？」

「幽宮諸神並樂宮諸神之界。此海現不祥之兆，必是樂宮海神不安於位，門戶之內當有為亂者。」

壽雪向高峻再三強調心頭的不祥預感。

高峻聽聞後，卻沉默不語。雖說壽雪前往界島本是既定之事，但……

「白雷此時也在界島。」

高峻將之季的書簡遞給壽雪，上頭寫著目擊白雷行動相關的證詞。

「白雷所到之處，必然有鼇神的影子。」

「界海震盪，此必為因。」壽雪道：「擾其海者必鼇神，吾當速往。」

高峻心想，鼇神出現在界島，難道是為了搶奪烏漣娘娘的半身？倘若真是如此，確實如壽雪所言，有必要立即採取因應之道。

然而高峻卻沒有辦法像往常一樣當機立斷。不知道為什麼，他總感覺心驚肉跳，心緒難以鎮定。

壽雪說她有不祥預感，亟欲前往界島。高峻的情況卻剛好相反，對少女前往界島一事有不祥預感。

「我也去。」

那聲音正發自兩人身旁椅背上的星烏之口。雖然外形看上去只是星烏，但實際身分卻是烏的兄長——梟。「鼇神在那裡，烏的半身也在那裡，彼地必成戰場。」

「果若兩者相鬥，那可為禍不小。」

上古時代，烏漣娘娘與鼇神交戰時，打沉了一座島。要是同樣的事情發生在界島，後果可不堪設想。界島乃是霄國的貿易門戶，可說是國家利益命脈之所在，而且島上除了霄國百姓之外，還住著不少異國之人。

「梟言欲同往？」

壽雪問道。

「妳聽得見他的聲音？」

高峻吃了一驚。到目前為止，除了自己之外沒有人聽得見梟的聲音。

「非也，烏以此告吾。」

「烏……妳能跟她交談？」

壽雪點了點頭。

「朕與妳相反，只聽得見梟，卻聽不見烏。只要我們兩人在一起，雖然有點麻煩，但要溝通不成問題。」

「有一事欲求梟相助。」

「這是烏說的？」

「非也，吾自言之。」

壽雪從懷裡掏出一串黑珍珠首飾。

「那是……」

「曩昔梟所做泥人……宵月遺留之物。」

梟的人形使部遭毀，化為無數羽毛。那些羽毛放置一晚，竟又化成了無數黑珍珠。

「汝可使此物復為宵月之形？」

高峻見狀，轉頭望向梟。

「原來如此，確實是個好主意。」梟話音方落，黑珍珠忽然一顆顆碎裂，變回了一根根的羽毛。那些羽毛凝聚在一起，逐漸化作人形。不一會兒功夫，那些鳥羽已重新恢復成宵月的外貌。那名年輕男子有著一頭烏黑油亮的長髮，宛如陶瓷一般的雪白雙頰，以及絲毫不帶感情的五官。而此刻身上穿著的宦官長袍，也跟最後看到他時的裝扮一模一樣。

「這樣要交談就不成問題了。」

宵月開口說道。

「非僅如此，亦便於兩地互通聲息。」壽雪補充說道。

高峻心想，這主意確實不錯。

「這麼說來，妳要帶宵月前往界島？」

「然也。」

「不對，恰好相反。」宵月舉起了手。

「相反？」高峻與壽雪同聲問道。

此時星烏驀然鼓翅，降落在壽雪的身邊。

宵月指著星烏說道：

「應該是這樣才對。」

「梟隨壽雪前往界島，宵月待在朕的身邊？」

宵月點頭說道：

「沒錯，否則我遭流放至此地就沒有意義了。」

梟故意讓自己遭幽宮放逐，正是為了拯救妹妹烏。既然烏要前往界島，梟當然會想要一同前往。

「……好吧。」

高峻心想，有梟陪在壽雪身邊，自己確實比較安心。

「朕即刻安排你們前往界島……青！」高峻呼喚背後的衛青。

衛青似乎早有準備，恭恭敬敬地說道：「船隻已經備妥。」

「吾去矣。」

壽雪轉身便要退出，高峻卻從背後喊了她一聲：「壽雪。」

高峻見壽雪停步轉頭看向了他，一時之間卻突然不知該說什麼才好。該用何種方式，才能表達自己心中的不安呢？

兩人視線相交的那刻，只見壽雪微微一笑，道：「吾去便回，汝勿驚憂。」

說完這句話，壽雪便出殿去了。星烏也振翅追趕而去，只餘高峻癱坐椅中，不能自已。

「大家……」一旁衛青柔聲問道：「喝杯茶吧？」

「嗯……」

高峻閉目長吁了一聲。

——妳還會回來嗎？

高峻終究沒能問出這句話。

✿

壽雪先是走訪了一趟鴛鴦宮，才趕回夜明宮，只見她換上男裝，脫簪解髻，將一頭秀髮束之於腦後。

「九九，吾已得花娘應允。吾不在之日，汝與紅翹、桂子可往鴛鴦宮暫居。」

九九正將疊好的衣裳置入櫃中，忽聽見這番話，抬頭回道：

「娘娘，我也隨您同往界島。」

「不可。」壽雪的回答短促而堅決。

九九一聽，眼淚差點就要滑落，但她旋即噘嘴說道：

「我要與娘娘同行。」

「九九……」

「太危險了，我勸妳打消這個念頭吧。」淡海在一旁插嘴說道：「娘娘和我們都沒有辦法分心照顧妳。」

淡海與溫螢是壽雪的護衛，自然得跟隨在壽雪身邊。除此之外，她此行就只帶上了星星及梟，兩名護衛此時正忙著打包行李。

「我不需要人照顧。」

「妳別嘴硬了。」

「因為我總覺得……」

九九略一停頓，凝睇著壽雪說道：

「如果我不跟去，這輩子就再也見不到娘娘了。」

「喂！」淡海皺眉說道：「別對出遠門的人說這種晦氣話。」

「我不管，我一定要跟你們去！」

九九說什麼也不肯退讓。壽雪正苦惱時，紅翹從廚房裡走了出來。壽雪原本以為她要勸九九別任性，沒想到她卻握住壽雪的手，面露殷盼之色。紅翹沒辦法說話，只是目不轉睛地看著壽雪，接著又轉頭望向九九。

「……汝亦欲九九隨吾同往？」壽雪問道，只見紅翹頻頻點頭。就連平常負責安撫九九的紅翹也是如此，更令壽雪苦惱不已。

「……」

紅翹又對壽雪搖了搖頭。

「把她帶去吧。身旁無人照看，總是諸多不便。」桂子從廚房探頭出來說道。

這老婢向來不肯踏入房內半步，她朝壽雪遞出一只包袱，九九伸手接下，拿到壽雪面前。那包袱觸手生溫，而且還散發著一股甜香。那是包子的香氣，裡頭多半是壽雪最愛吃的蓮餡包子。

「麗娘當年的話，果然應驗了。」

「麗娘曾有何言語……？」

「若有人能解烏妃之咒，那個人必定是壽雪。」

——麗娘！

麗娘的身影清晰浮現在壽雪的腦海。

「當年麗娘早已說過，妳必定能夠實現歷代烏妃的悲願。」

「……然吾非孑然一身，未遵麗娘教誨。」

「麗娘當年也不是孑然一身。」

桂子的臉上難得露出了微笑。

「麗娘的身邊有妳。」

說完這句話之後，桂子便轉頭回廚房去了。

「桂子……」壽雪不禁呢喃，低頭望向那包袱。伸手捧起那包袱，登時滿胸皆暖。閉上雙眸，壽雪彷彿能看見麗娘那嚴中帶慈的眼神。

——麗娘……

睜開雙眼後，壽雪轉頭對九九說道：

「汝既欲隨吾同往，當棄女裝，著長袍。」

「是！」九九開開心心地應了。

✿

壽雪接獲消息，是在搭船沿著水路南下時。

「火山噴發？」

「是啊，聽說是界島附近的海底火山。」

這是船隻停泊河岸碼頭時，淡海下船打聽到的消息。

「現在是否還在噴火不得而知，但這陣子恐怕是去不了界島了。」

壽雪不禁按住了胸口。原來自己心中的不祥預感，就是為了這件事。

「高峻……京師朝廷亦知此事？」

「官府應該已派急使回京稟報，這時或許已經到了。」

「梟！」壽雪朝站在船舷的星烏呼喚道。

星烏轉過了頭來。

「皇帝已經接到消息了。」

然而開口的並非是星烏壽雪聽見的那聲音並非男聲，而是少女之聲，發自壽雪的胸口深處。說話之人不是梟，而是藏在壽雪體內的烏。自從壽雪能夠聽見烏的聲音之後，烏幾乎每天從早到晚一直對著壽雪說個不停。

「這是梟說的。」

「願聞其詳。」

「……梟說皇帝接到了消息，正忙著與群臣討論因應之道。」

「可知千里、之季平安否？」

「梟說沒有接到相關的消息。」

壽雪霎時感覺五臟六腑彷彿壓了重石一般。

——希望火山噴發沒有對他們造成危害。

「梟還說……皇帝跟界島的市舶使聯絡不上……火山噴發阻隔了大陸與界島的聯繫，目前無法得知島上狀況。」

壽雪點頭道：「既是如此，吾等當為帝耳目，可以此告高峻。」

星烏瞇起了雙眼。

「他說知道了。」

烏的聲音只有壽雪聽得見，因此在外人眼裡，壽雪就像是對著星烏自言自語。所幸船上沒有壽雪一行人以外的乘客，不會引來詫異的目光。此外，船上尚有兩名高峻派遣的護衛武官，分別站在船首及船尾，監視著附近的動靜。

「目前只能先到皐州的港口，等候船隻恢復出航了。」淡海說道。皐州位在界島的對岸，多有往來界島的船班。

「皐州的港口現在一定亂成了一團吧……」溫螢蹙眉說道：「應該有不少滯留在港邊的商人。」

「應該吧。」

「火山不是噴發了嗎？大家應該會逃走吧？」九九抱著星星，不安地問。

「畢竟只是海底火山，這跟陸地上的火山噴發不太一樣。」淡海歪著頭道：「不管是海商還是漁民，應該都會希望噴發一結束就立刻出海，畢竟他們靠這個吃飯。」所以他們會一直逗留在港邊，當然也有一些人會選擇逃走。

「逃者眾，待者亦眾，其地必亂。」壽雪呢喃著。

溫螢點了點頭，說道：

「皐州有軍府，應該會有府兵維持秩序，不至於出動朝廷兵馬。」

淡海卻補了一句：「除非當真亂到不可收拾。」

——亂到不可收拾……

但願不會走到那一步。壽雪望著遠方的天空，內心陰鬱不開。

✿

果然不出眾人所料，船隻一抵達皐州，便看見了人滿為患的景象。放眼望去只見萬頭攢動、比肩疊踵，怒罵聲、孩童哭泣聲、趕著上船的腳步聲，以及推車往來聲此起彼落。自船上往外海處遠眺，可看見濃濃黑煙如烏雲般不斷向天空推擠，空氣中瀰漫著古怪的氣味。

壽雪將九九及烏留在船上，先行下了船。

一名貌似港口官差的男人立即奔上前來，嘴裡喊著：「大人來得真早！」

那官差似乎以為是朝廷派了高官前來坐鎮指揮。多半是因為壽雪所搭的船，船首插了一面青旒旗的緣故，那是皇帝直屬官差的象徵。壽雪將解釋的工作交給高峻派遣的武官處理，自顧自地四處遊走觀望。

雖然火山噴發地點是在距離陸地相當遙遠的外海，但煙霧及氣味依然隨風飄來了這裡，還有片片黑灰從天而降。整個海岸全是大大小小的黑色石塊，幾乎覆蓋了整片沙灘。壽雪走近沙灘，隨手撿拾一顆石塊，拿在手裡掂了掂，竟然相當輕盈。仔細一看，石塊上有數不清的孔洞，輕輕一捏，就裂成了碎塊。

「這是火山噴發時，噴出來的石頭。」淡海一邊說，一邊拿起石塊捏碎。

此時一名武官追了上來，說道：「聽說火山是在五天前開始噴發。」

「噴發已及五日，尚不見止歇？」

壽雪並不清楚一般火山噴發會持續多久的時間。

「聽說有時一天就結束了，有時會噴發三、四個月。」

「唔……」

原來噴發的時間長短有偌大差異。此次噴發，不曉得會維持多久？

「若不止歇，吾等皆困守於此。」

「是啊，噴發若不結束，船隻無法出海……」

武官皺眉看著煙霧道。這名武官姓崔，雖然體格壯碩，但神態平易隨和，性情溫厚沉著。另一名武官則姓曾，有著一般武官典型的體格及威儀。

「烏妃娘娘聲名遠播，即使是在這皐州，也是無人不知。那官差感激涕零，以為您是為了火山之事，親自遠道而來。」

「什麼？」

壽雪轉頭望著崔。「汝何妄言，招致誤會？」

「娘娘，下官可什麼都沒說，是那官差自己以為烏妃要來鎮壓火山，下官只是隨口應和。下官心想，讓他們這麼以為，我們不管做什麼都會方便得多。」

「這可……」

「下官自作主張，請娘娘恕罪。」

——不，這或許是個好主意……

如果海底火山噴發是因為鼇神激怒了樂宮海神，只要將鼇神打倒，就能平息樂宮海神的怒氣。因此說自己是為鎮壓火山而來，實際上倒也沒錯。只是要事先跟高峻套好，免得雙方說法不一。

「皐州刺史請娘娘移駕至其寓所歇息。娘娘停留在這港口的期間，若能待在刺史寓所內，從護衛的立場來看未嘗不是一件好事。」

「……善。」壽雪凝視著遠方的黑煙，朝著崔舉起一隻手。「汝往告刺史並眾官差，但言吾乃祀典使，今奉帝命前來鎮壓火山。」

崔眨了眨眼，面露詫異之色。但他相當機靈，連忙作了一揖，口中稱是，領命而去。

「烏妃」並不能擅自遊走各地。壽雪雖有鎮壓火山之意，但不能以烏妃的名義，當然更不能讓人知道自己是前朝末裔。所有的功勞，都必須歸給高峻才行。

——如果失敗了呢？

倘若失敗，大不了負起責任，接受懲處。

反正對自己來說，這本來就是一場不能失敗的任務。

❀

在武官的引導下，壽雪回到了人聲鼎沸的港邊。沿途不時可看見海商激動地對著官吏咆哮，旁邊還有其他的海商打著圓場。就算向官吏抱怨，也沒有辦法制止火山噴發。那些海商想必也知道這個道理，只是滿腔的怒火無處發洩。壽雪一邊走著，心裡一邊暗想，看來當官吏也不是一件輕鬆的事情。驀然間，壽雪停下了腳步。熙來攘往的人潮之中，竟有一名年輕人神情恍惚地佇立不動。那是一張頗為熟悉的臉孔，但看起來氣色很差，面容極為憔悴。那個人是……

壽雪於是走上前去，站在年輕人的側邊說道：

「汝非……」腦袋裡竟一時想不出對方的名字。「……沙那賣長子乎？」

年輕人轉過頭來，一看見壽雪，便錯愕得瞪大了眼睛。來到近處一看，他更是滿面病容，面色如土。難道是因為暈船的關係？還是遇上了什麼重大的打擊？

年輕人朝著壽雪行了一揖。

「何以面如槁木？」壽雪看著年輕人問道。年輕人伸手摸了摸臉頰。從他那神情看來，似乎不是暈船。

——他的名字……對了，是晨。沙那賣晨。

沙那賣晨不是接了高峻的旨意，返回其父親朝陽所在的賀州了嗎？為什麼現在會在這裡？以日程推估，他似乎是在返回京師的路上。

——難道是他在賀州發生了什麼事？

「眼下局勢混亂，吾欲渡界島亦不可得。皐州刺史邀吾往其寓所飲茶，何如？」

如果晨有什麼急著想要告訴皇帝的事情，透過梟傳達是最快的手段。這當然也是壽雪邀約他的原因之一，但比起這些現實上的問題，更讓她擔心的，是晨那憔悴的臉色。

「舟車勞頓，飲茶可解。」

晨看起來需要充足的休息。

壽雪不等他回答，便轉身邁開步伐，而年輕人則老老實實地跟在後頭。

刺史的寓所就在港口的附近。一問之下，原來不是私宅，而是官舍。刺史為了處理火山噴發的問題，似乎已忙得焦頭爛額，只是招呼了幾句便匆忙離去。但下人們陸續送上茶、酒、糕餅及各種精緻小點，招待可說是頗為隆重，或許是因壽雪為皇帝特使的關係吧。

「聽說皐州刺史是相當精明幹練的人，這一點請娘娘放心。」

崔一邊說，一邊將包子塞進嘴裡。他雖然是護衛武官，吃起東西來卻毫不客氣。壽雪將盛著包子及糕點的器皿推到晨的面前，並放了一杯茶。

「當熱飲。」

晨默默啜了口茶，以雙手捧住了茶杯，宛如在暖著掌心。

「朝餉已畢？」

「小人……尚未進食……」

「既是如此，可嘗此物。汝好甜食否？」

壽雪拆開一只竹葉粽，放到晨的面前，接著又為他取了一塊甜糕。

一旁的九九看得瞠目結舌，說道：「娘娘竟然會照看他人。」

「照看他人有何難？但僾汝與花娘即可。」

「啊，這麼說來，娘娘此時的神態確實很像花娘娘。」

晨喝了茶、吃了粽子，氣色紅潤不少。

「九九，為晨再取茶來。」

九九笑著應了，走出房間。

壽雪轉頭朝星烏喊了一聲「梟」。那星烏原本停在淡海頭上，此時飛了過來，降落在隔壁的椅背上。

「那是……梟❶？」

晨愕然問道。

「非也，此乃星烏。」壽雪答道。

而晨聽了，更是一頭霧水，此時他左顧右盼，心中也不知在盤算是什麼。不過壽雪見他終於稍微恢復了精神，這才終於鬆了口氣。

「賀州有何變故？」壽雪問道。

晨登時神情緊繃。

「汝若有話欲急告高峻，可速言，吾當為汝傳達。」

「高峻？」晨先呢喃了一聲，接著趕緊摀住了嘴，畢竟那可是皇帝的名諱。

「難道您是指陛、陛下嗎？娘娘說能夠幫小人傳達，是什麼意思？啊……難道這可以直接與陛下……」

晨似乎思緒紊亂，說起話來顛三倒四。

「汝可視此為傳話之術。汝但言，必入高峻之耳。」壽雪簡單說明道。要是詳細說明，反而會讓晨更摸不著頭腦吧。

「呃……」晨一時有些手足無措。

壽雪不禁心想，晨這個人不僅忠厚老實，而且似乎有些不知變通。

「吾乃皇帝特使，司祀典使職。吾聽聞之事，必入帝耳；帝所言之事，吾亦必知之。」

「烏妃娘娘……您的意思是會派出急使回京？」

---

1 貓頭鷹。

「汝作此解，亦無不妥。吾若有何言語，即是高峻所言。」

壽雪一邊點頭一邊說道，心裡暗想這年輕人的腦袋未免太硬了。

「好，請娘娘盡速轉告陛下……沙那賣朝陽已派出使者前往北方山脈聯繫各部族，該使者為朝陽次子亘。只要這麼說，陛下就明白了。」

壽雪低頭望向星烏，而那星烏只是慵懶地眨了眨眼睛。

「梟說，高峻說他知道了。」

壽雪體內發出了烏的聲音。

「高峻還說，他已經派羊舌慈惠前往北方山脈，應該可以把這件事情壓下來……」

壽雪將視線轉回晨的臉上，說：

「高峻云，彼已遣鹽鐵使羊舌慈惠往北方山脈。慈惠於北方交遊甚廣，必可化解此事，汝等勿憂。」

「可是……亘……」

晨按著額頭，垂首道：

「能不能請陛下救救亘……他是小人的胞弟……」

「——慈惠當見機行事，勿為此掛念。」

說這句話的不是高峻，而是壽雪。亘前往北方山脈的目的，多半是要遊說各部族造反，這是無可饒恕的死罪。果不其然，高峻對此沉默不語。

「亘曾經告訴小人……沙那賣家族將會覆滅……小人也有這種預感……這都是小人的錯，是小人的出生，拖累了整個沙那賣家族。」晨的臉色逐漸轉為蒼白。

壽雪聞言，蹙眉問道：

「何言汝過？汝有何過？」

「小人並非家母所生……而是家父此生此世……唯一愛過的女人所生……」

壽雪想要詢問那女人是誰，卻問不出口。光從晨的神情，便可看出事情非同小可。

「那就是一切過錯的肇始……家父就從那一刻起……走上了歧路……」

晨的聲音微微顫抖著，然而壽雪無法辨別此時他心中懷抱著什麼樣的感情。是怨懟？是哀戚？是悔恨？還是屈辱？

「原來如此。」烏再次傳達了高峻的話。

「……朝陽的矛盾便是由此而來。」

——什麼意思？

烏接著傳達道：

「朝陽曾說為了沙那賣家族能夠永續長存，他必須與朝廷保持距離。但他嘴上這麼說，實際的行動卻是對朝廷處處干涉。不僅將女兒送入後宮，還暗中策劃各種權謀詭計……這與他表面上的態度有著太大的矛盾。」

——這麼說確實有道理……

「原來這都是為了晨。他想要讓自己最心愛的女人生下的兒子享受榮華富貴。」

讓晨享受榮華富貴？壽雪目不轉睛地凝視著晨。

「……此非汝過。」

壽雪說出這句話，晨驚訝地抬起了頭。

「此乃朝陽自取其亡。沙那賣若覆，亦汝父之過，與子何關？」

晨凝視著壽雪的雙眸，內心似乎驚疑不定。

「高峻說……壽雪，告訴晨……」

烏說道：「立刻返回賀州，命令朝陽退隱蟄居。從今日起，朕命你為沙那賣的當家。」

壽雪依言向晨轉述。

「可是……」晨一時不知所措，視線飄移不定。

「這是唯一的辦法，現在還來得及。」

言下之意，是悄悄讓朝陽單獨受罰，不連累其他人。或許是因為晚霞有了身孕的關係，高峻在這件事情的處置上特別寬宏大量。

「汝不欲見沙那賣誅族，當依此言而行。」

「只要小人這麼做……陛下就會寬恕沙那賣族……？」

「然也。汝得吾言，必不相欺。」

晨於是起身離席，朝著壽雪下跪叩首。

「小人遵旨，但尚有一事相求……」

「何事？」

「小人想把沙那賣當家的身分讓給二弟亘或三弟亮。」

「亮？」

「亮此刻就在京師。小人若為當家，沙那賣一族終究會滅亡。」

「何出此言？」

「小人不得娶妻妾。無妻妾則無子息，沙那賣的血脈終將斷絕。因此小人想把當家地位讓給弟弟們。」

壽雪雖感到詫異，但見晨心意已決，於是點頭說道：「既是如此，便依汝言。」

此時高峻的回覆也是：「就這麼辦吧。」

「往賀州的船隻可正常航行，小人這就啟程趕回賀州。」

晨立刻就要起身走出房間。

「何不稍歇？」壽雪問。

晨淡淡一笑，搖頭說：

「謝娘娘關心。娘娘的恩德，令小人心中陰霾稍解。」

「僅是稍解？」

「小人這一生是不會再有開心的一天了。小人的存在，正象徵著家父的罪愆。」

晨此時臉上的表情，宛如是個垂死之人，鮮血不斷從傷口汩汩流出。

「小人的母親，是家父的胞妹。」

說完這句話後，晨轉身走出房間。壽雪趕緊拿手帕包了一些甜糕，自後頭追趕上去。

「晨！」

晨停下腳步，回過頭來，隨後，壽雪將那一包甜糕塞進他的手裡。

「……待得事成，汝當往見晚霞，勿使其早晚牽掛。」

晨的五官逐漸扭曲。

「萬事謹細，斯可無災，務必保重。」

晨沒有答話，冰冷的走廊上只聽得見哽咽聲。

✿

「吾欲往界島，難道全無辦法？」

壽雪出了寓所，朝港口的方向走去。放眼望去全是海商及水手，全都只能在港邊枯等。有的醉倒路頭，有的在簷下下棋，青樓裡更是人滿為患。

「若自噴發處外迂迴……」

「那也要海流能夠配合才行。」

淡海說道：

「連水手也束手無策，我們當然更不用說。」

「聽說有一道強勁的潮流從南方流經島嶼的西側，在北方與來自阿開的潮流交匯。」

溫螢補充說明，據說這是向水手們問來的知識。

「兩道潮流匯合後，會轉向南方，流過島嶼的東側。換句話說，整座界島幾乎被強勁的潮流包圍，如果胡亂出海，很可能會被沖到遠海去。」
「這麼說來，一定要有熟悉潮流的船員掌舵才行。」
如果自行駕船，要抵達界島可說是難上加難。
「話雖如此，終不成困守於此地。」
壽雪穿過港鎮，來到斷崖上。遠方可見濃煙不斷竄出。迎面拂來的風頗為溫熱，這似乎是因為這一帶即使到了冬天依然相當溫暖，與火山噴發無關。
——微臣本擔心冬季的海風必然寒冷刺骨，沒想到界島氣候宜人，比京師溫暖得多……
壽雪回想起了千里這句話，心中焦躁，不由得咬住了嘴唇。
「娘娘，這種時候焦急也沒有用。」
淡海在一旁安慰著。壽雪沒有答話，只是瞪著那黑煙。
「烏，汝能鎮火山否？」
壽雪對著體內的烏問。
「火山噴發是因為欒宮海神在生氣，要是我出手干預，對方會更加生氣的。」
「……」
「不過如果是要跟白鼇打，我是不會輸的。」

「既是如此，當退鼇神。鼇神若退，海神之怒自息。」

「我的半身就在那座島上。」

「咦？」

「半身在界島上，我感覺得出來。」

「……不渡界島，則無退鼇神之力？」

烏沉默不語，她似乎不願意承認此時的自己打不過鼇神。

「白鼇現在是不會出來跟我決鬥的。這傢伙總是這樣。」

「何以知之？」

「除非有必勝的把握，否則白鼇不會主動出擊。他相當卑鄙，總是喜歡先設下陷阱，再把對手引誘進去。」

壽雪想了一下，說道：

「此乃兵法虛實，何言卑鄙？」

烏再度陷入沉默。而停在淡海肩頭的星烏忽然拍了拍翅膀，似乎是梟說了句話。

「……梟也這麼說。他說不是白鼇卑鄙，是我太笨。」

「梟苦言逆耳，或言之太過。」

「就是說，我也覺得自己才沒那麼糟。」

轉眼間，烏又開心了起來。

壽雪不禁心想，烏畢竟有其神性，與凡人不同，其心情容易大起大落，責之則自暴自棄，讚之則得意忘形。跟凡人比起來，她的情緒相當不穩定，動不動就暴怒或哭泣。跟烏相處是一件很累的事，不如交給梟去應付。

壽雪仰望濃煙，沉吟道：

「烏需半身，半身落於界島，火山噴發，界島難近。欲鎮火山，需退鼇神。然無半身，則鼇神難退……環環相扣，無一可為。若不能鎮火山而渡界島，終究無力退鼇神。」

「梟說……」

「咦？」

「梟說他來設法。」

「如何設法？」

「梟說他可以鎮壓火山。梟的腦筋比我好，或許有什麼辦法。」

看來烏也知道自己腦筋不好。

「梟說不是將火山完全鎮壓，而是暫時削弱威力，好讓我們通過。」

「原來如此。」

——既然是這樣，得找到可以渡海的船才行。

原本一行人沿著水路❷順流而下時搭乘的船，不能用來出海。因為那艘船上的水手們都不是專門往來界島的水手，不諳界島周邊潮流，一定要找到專門往來大陸與界島的船隻及水手才行。

「若在平日，必有客船往界島者。」

壽雪於是轉頭朝淡海、溫螢說道：

「噴發將有片刻稍緩，吾等可速渡界島。汝等往告刺史，備妥船隻。」

兩人領命，各自一揖後朝港鎮方向疾奔。同時星烏亦鼓翅高飛，朝著大海的方向翱翔而去。壽雪默默地看著那鳥影逐漸化為黑點。

❀

2 運河。

「刺史說沒辦法出船。」

溫螢歸來後向壽雪如此回報。

「何以不出？」

「刺史說往來界島的接駁船皆是官船，為大家所有，雖然娘娘是皇帝特使，但畢竟爆發威力減弱的消息來源不明確，不能冒險出船。」

溫螢接著表示，能夠往來界島與皐州的水手在這裡是重要人才。

「刺史說，只要能夠確定噴發已經收斂，能夠安全航行，就會立刻出船。」

「……吾等之言，確難取信。」

若是高峻在，一定會選擇相信壽雪。但畢竟兩人關係特殊，不能與其他人相提並論。

「吾等亦不知梟之能耐，此行確有風險。」

——現在該怎麼辦才好呢？

「淡海正在尋找願意出海的海商或漁民。海商、漁民中不乏膽識過人者，應該找得到人協助我們。」

「既是如此，吾亦助汝等尋船。」

「娘娘不必……」

溫螢還來不及阻止，壽雪已邁步而行。一定要加緊腳步才行。梟削弱火山噴發，不知能維持多少時間。

一行人回到港鎮，便看見淡海自巷道內奔了過來。

「完全找不到人願意幫忙。大家好像都是第一次遇上海底火山噴發，畢竟船跟水手都是重要的生財工具，沒有人敢輕易冒險。」

「不就是要你去說服他們嗎？」

溫螢不滿地說道。

「若是原本遲疑不決的人，尚可說服。但這些人心意堅定，根本沒有下嘴的餘地。」

「沒本事說服船家，找藉口倒是舌粲蓮花……」

溫螢嘆了口氣。

「不然你去試試看。」淡海也惱怒了起來。

「即便有船，無水手不可。」壽雪想來想去，不知如何是好。淡海說得沒錯，只有對遲疑不決之人，才有說服的餘地。

「烏妃娘娘……」

身旁的武官忽然低聲喊道，同時擺出了戒備架勢。溫螢與淡海的表情也變得嚴肅。壽雪定睛一看，原來是有個男人正在朝自己走近。男人的行進方向非常筆直，明顯地朝著壽雪走來，似乎是為了強調自己沒有敵意，也讓他們有充分的時間反應。

那是名年過半百的男人，身材高瘦，板著一張臉，緊閉雙唇，眼神也頗為冰冷。他的步伐相當穩重，身上的穿著透出一股貴氣。男人神態像個精明的官吏，但壽雪猜想他應該是個商人。並非每個商人都是滿臉堆笑，抱著以和為貴的想法。

「——請問是柳壽雪嗎？」

男人在武官面前停下腳步，朝著壽雪緩緩發話。嗓音雖然低沉而冰冷，但語氣和善，不帶敵意。若要加以形容，男人散發的氛圍令人感受到一股淡淡的清涼感。壽雪驀然想起，有一個自己相當熟悉的人，也有著這樣的特質。

——花娘……

男人朝壽雪溫文儒雅地作了一揖。

「聽說妳在找船隻及水手。若不嫌棄，請用我家的吧。」

「汝是何人？」

「在下以海商為業，與妳有些緣分。」

「汝與花娘之間如何稱呼？」

男人微微揚起嘴角。

「在下乃花娘之父，姓雲名知德。花娘平素承蒙妳關照。」

「非也，吾實受花娘關照多矣。」

「小女向來喜歡照顧年幼者，只能說是妳與小女頗為有緣。」

雲知德雖然口氣平淡，但隱隱流露出一絲暖意，讓壽雪感到有些意外。當初聽花娘描述乃父，以為是個對女兒漠不關心的父親，如今一見並非如此。

「船已備妥，但噴發若不止歇，實在不敢出海。」

「稍待須臾，必然止歇。」

知德點頭說道：「好，請容在下帶路。」

知德轉過了身，朝著碼頭的方向走去。壽雪朝天際一瞥，只見那濃煙宛如烏雲般覆蓋天空，極目四望，一片昏黑。

——梟，接下來就看你的了。

之季隱約聞到了藥湯的氣味，走進廚房一看，只見昭氏一手拿著長杓，另一手正將藥草扔進灶上的鍋內。

她轉頭問道：「董千里狀況如何？」

「已退燒了。」

「既然退燒，應該已無大礙。」

「昭老太的藥湯有奇效，感激不盡。」

「不是藥好，是床好。沒想到序家的當家這麼熱心助人。」

之季微微一笑，回到房內。千里正躺在床上，衣斯哈則坐在一旁，不時將千里額頭上的毛巾拿到臉盆裡沾濕。

這裡是海商序家的屋子。當初之季、千里及櫟的船遇上海底火山噴發，三人遭捲入海中，所幸為海燕子救起，送至序家照看。不過事實上這中間還有個轉折。海燕子素來與昭氏熟識，因此先通知了昭氏，是昭氏連忙向序家求助，三人才得以住進序家。

昭氏是一名龍鍾老婦，身上流著界島巫女的血脈，而序家則是沒落的海商之家。不管是昭氏還是序家的當家，都是之季與千里在來到界島的第一天便已拜訪過的對象。

之季在被送往序家的途中便已清醒。過了半天左右，櫟也已能下床。唯獨千里一直發著高燒，情況相當不樂觀。原本千里就是個體弱多病的人，落海之後又著了涼，因此一直不見好轉。直到今天，他的燒才退了，讓之季著實鬆了口氣。

棵是市舶使的部下，他一恢復精神，立刻就回市舶使的身邊去了。這幾天他偶爾會過來探望千里的狀況，同時說明當下火山噴發的情形。據他的說法，因火山噴發的關係，界島與大陸遭到阻隔，互相難通音訊。官府已準備讓船隻從界島的另一側出海，隨著潮流繞一大圈，就可以抵達大陸上的港口。但是這樣的航線，需要多耗費好幾天的時間。此外也可以靠飛鴿傳書的方式來聯絡，但由於整片天空都是濃煙，鴿子能不能順利抵達大陸實在頗令人擔憂。由此可知，火山噴發對百姓的影響可說是相當巨大。

「漁民們都說，因為海上都是浮石的關係，完全沒有辦法出海捕魚。就算能夠平安抵達捕魚的地點，也沒辦法下網。」

棵對著之季如此抱怨。他原本是阿開的漁夫，而且還是名為「持衰」的巫覡。

之季走出了屋子，登上斷崖。海風不斷迎面襲來。斷崖的頂端佇立著一名少女，那是阿俞拉。她的一頭長髮並沒有束起，在風中上下翻飛。

「……白雷在哪裡？」

阿俞拉轉過頭來，以一雙烏溜溜的大眼睛仰望之季。

「我想知道白雷的下落，妳知道他在哪裡嗎？」

之季以非常慢的速度重新又問了一遍。阿俞拉卻只是凝視著之季好一會兒，接著緩緩搖頭，意思或許是「不知道」，也或許是「不想說」。

白雷目前行蹤不明。但在火山噴發後，對外交通被切斷，沒有任何船隻出港，可見得此人一定還在島上。

聽說當之季等三人漂流至岸邊的時候，是白雷首先發現了三人的身影。但是當之季醒來時，男人早已不知去向，而且再也沒有人見到他。

之季是因白雷而獲救。但白雷是否有救助三人之心，則不得而知。

——但願他沒有。

白雷是害死妹妹的仇敵，之季希望他是個沒有人性的禽獸，而不希望他有救人之心。

「是那個人……」

阿俞拉伸出手指，指著之季的袖子說道：

「是她讓叔叔找到了你們。」

長久以來，妹妹的幽鬼一直抓著之季的袖子，有時之季也能看見那只纖白的手掌。

「叔叔指的是白雷嗎？讓他找到我們，是什麼意思？」

「她一直對著叔叔大叫……救救他……救救那個人……」

之季不由得倒抽一口涼氣，按住了自己的袖子。

——小明！

妹妹的名字在胸中迴盪著。之季的呼吸越來越急促，不禁跪了下來。

「為什麼……」

指甲插入了土裡，口中不斷發出呻吟。

——沒有人知道自己會在什麼樣的地方，接受什麼人的幫助……

驀然間，之季的心頭響起了千里曾說過的這句話。

——緣分彷彿把我們每個人緊緊扣在一起……

當時之季如此問道……

——緣分只會把活著的人緊緊扣在一起嗎？

千里聽了這毫沒來由的一句話，反而流露出了溫柔的眼神。

——不，死者亦然。

「神明……也在尋找叔叔……」

阿俞拉低聲呢喃。那細微的聲音被海風吹散了，並沒有傳入之季的耳中。

「因為叔叔把烏的半身帶走了……」

✿

白雷正走在山中小徑上。此地已距離序家極為遙遠，當然距離大海也是。

界島地形多崎嶇，極少平地。寥寥可數的幾塊平地及平緩的斜坡，都已經發展成了村落或市鎮。除了這些地區之外，就只有數不盡的山巒。有些山腰的邊角遭海浪切削，形成了懸崖，懸崖的下方往往會出現海蝕洞窟，或是整座懸崖被切割成形狀清奇雄偉的海角。面海的懸崖斷面有的是紅色，有的則是白色，有的甚至帶有奇特的紋路。界島的特殊地質及海潮，在沿岸區域創作出了一幅幅渾然天成的獨特景觀。

山中到處可見石丁場❸。界島亦是一座石材的寶庫。牆壁、階梯、石棺……各種不同用途的硬質岩及軟質岩，在這裡都找得到。界島的岩石只要泡水之後，顏色就會泛青，而且具有防滑的特性，因此在各地的石材之中算是上等的極品。據說界島產的石材，尤其適合用來製作成浴室的地板。除此之外，界島上的山脈還蘊含著各種不同的礦物，例如可以加工製成玻璃的矽石，以及用途廣泛的明礬石等等。古代的界島海商貿易，正是以買賣這些石材及礦物為濫觴。

自石丁場切割下來的石塊，會經由名為「石曳道」的特殊搬運道路運送至港口。如今白雷所走的山中小徑，其實就是一條石曳道。石塊搬運到了港口之後，就會被搬到船上，送往霄國本土，或是其他國家。

有些石丁場如今已不再使用。有些可能是石材業主刻意保留下來，以避免石材資源遭開採殆盡，當然也有一些是已經無石可採的廢棄石丁場。白雷踏進了一座看起來已久無人跡的石丁場。石丁場內到處是刻著業主之印的巨大石塊，或許是開採之後又被拋棄的劣質石材吧。白雷挑了一塊石頭，坐了下來。手裡還握著一把沒有刀鞘的黑色長刀。

白雷將那把黑刀舉到面前，仔細觀察那刀身。漆黑的刀身上頭，映照出了白雷的臉孔。就在這個瞬間，白雷彷彿看見了一道少女身影，在背後一閃而過。白雷嚇得立即回頭，身後卻是一個人也沒有。白雷嘆了口氣，繼續仔細端詳那刀身。那把刀綻放著異樣的光芒，而且可以感受到一股不尋常的神力。

3　採石場。

那種感覺，與從前取得沙那賣家族神寶時的感覺有幾分相似。

——為什麼我會離開那個地方？

白雷的心頭浮現了這個疑問。為什麼現在的自己，簡直就像是在逃命一般？

這把刀應該就是烏漣娘娘的半身，也就是鼇神吩咐白雷務必找出之物。

白雷的腦海裡迴盪著當初鼇神透過阿俞拉傳達的那句話……找出烏的半身，否則我會將阿俞拉及衣斯哈吞噬……這很明顯是一句威脅之語，而且是接近走投無路的威脅之語。

只要把這玩意交給鼇神，一切就結束了。自己及阿俞拉、衣斯哈都會平安無事。心裡明明這麼想，身體卻做出了逃跑的舉動。

——總覺得有一種不祥的預感。

實際上，白雷這方面的預感向來相當準確。他站了起來，繼續往前走，隨即消失在了樹林之中。

雙腳踏在雪堆上的聲音異常刺耳。亘每一次深呼吸，都感覺喉嚨好像要凍僵了，只好維持較短促的呼吸方式。即使如此，喉嚨及鼻孔還是劇痛不已，眼皮已毫無知覺。唯一不幸中的大幸，是雪已經停了，至少天氣晴朗。

「不管是什麼樣的深山野嶺，只要住了人，必定會出現通往大海的道路。你知道這是為什麼嗎……？」

走在前面的慈惠朝亘問道。

亘根本沒有多餘的力氣說話，但又不敢置之不理，只好開口說道：

「……因為需要鹽？」

「沒錯，山民會以製鹽所需要的柴薪，與沿海地區的百姓交換鹽。而我們羊舌一族，就是沿海地區的百姓。」

剛開始的時候，慈惠對亘說話還彬彬有禮，但相處了一陣子之後，用字遣詞卻越來越粗魯。顯然慈惠原本是個豪邁不羈的人，不習慣太文謅謅的說話方式。

亘在北方山脈的山麓市場偶遇慈惠，懇求慈惠帶自己前往山中聚落。這些北方山脈的部族都生活在深山處，初次造訪之人若無人帶路，便要走到山民的生活聚落亦非易事。亘就這麼跟著慈惠，重複著上山與下山的動作，入夜就睡在樵夫小屋裡，翻過了至少兩個山頭，才終於接近某聚落的山腳。

「像這樣的道路，我們稱作鹽木道。」

慈惠低頭看著腳下，踩了幾下地面，地上的積雪發出窸窣聲響。

「因為是用來搬運製鹽用的木材……？」

「沒錯。除了鹽木道，還有船木道。顧名思義，就是用來搬運造船用的木材。山上的木材有非常多的用處，可以拿來製成木炭，還可以製作成各種木器。」

慈惠雖年事已高，卻是老當益壯，氣力不衰。雖然一邊走一邊說話，呼吸卻毫不紊亂。亘自認為平素鍛鍊有成，但在這大雪封山的山道上，卻連照顧自己也相當吃力。所幸當初聽了慈惠的建議，添購了小羊裘、毛織衣、貂帽及氂牛靴，因此不致凍死。但這些厚重衣物也增加了身體的重量，導致體力的負擔更大。慈惠沿路上配合亘的步調，不時停步暫歇。

慈惠的前方有一頭背負著鹽俵❹的氂牛，氂牛的旁邊還有著負責拉牛的苦力。這些苦力專門負責將物資從山上搬運至山腳下的市鎮，或是將物資從市鎮搬運至山上。因為有這些苦力負責搬有運無，山民們平時買賣不必特地下山。

慈惠要隨從們都在山麓的村落待命，只帶著亘上山。亘也依樣學樣，要隨從們都在村落等候。因此這時只有慈惠、亘、苦力及氂牛走在雪中的山道上。慈惠吩咐苦力先行，並且告訴亘：「我們慢慢走吧。」

「為什麼不使用轌❺？」

亘看著苦力及氂牛逐漸遠去，忍不住問道。既然要在雪道上搬運重物，照理來說用轌會輕鬆得多。

「在這一帶，轌是入春才使用的道具，冬季並不使用。因為冬天的雪太乾，不夠濕滑，轌壓在上頭會直接下沉，就像滑行在沙子上一樣。必須等到春天，雪開始融解，轌上頭才能滑行，雪道也會比較好走一點。」

亘心想確實沒錯，此時每走一步，腳都會陷入雪中，這正是雪道難行的最主要原因。

「等入春之後，山民們會以轌將木材運送到河邊，再沿著河川順流而下，運送到河口處的村落。在此之前，山民們完全無事可做，只能待在家裡，製作一些木工器具。這跟你們平地人的生活可說是有著天壤之別。」

慈惠轉頭朝亘瞥了一眼，說道：

4 俵：日本傳統重量及容積單位，亦可指其容器。一俵為四十升，一升約等於現在的一・八公升或一・五公斤。

5 雪橇。

「如果沒有先搞懂這一點，不管你想要交涉什麼事，都不會成功。」

亘苦笑：「看來在這個地方，有再多的絹布也是無用武之地。」

「根本沒有機會穿那種東西。老夫勸你還是摸摸鼻子回賀州去吧，免得被趕時臉上不好看。」羊舌慈惠道。

「總得試試看再說，不能還沒交涉就打退堂鼓。」

慈惠皺起了眉頭。不過那眼神似乎並非不悅，而是感到同情。亘垂下了頭，靜靜聽著靴子踏在雪上的聲音。

兩人口中所說的「交涉」，指的並非是交易買賣上的交涉。雙方都心知肚明，卻刻意不說出口。

這些日子以來，亘一直摸不清楚慈惠的心中打著什麼樣的算盤。慈惠是欒朝重臣，這是眾所周知的事情，而北方山脈又是欒氏的發跡地。如今欒朝遺孤的問題在朝野間鬧得沸沸揚揚，慈惠卻在這個時期來到北方山脈，其心中必然有著明確的意圖，問題只在於那個「意圖」到底是什麼？亘請求與慈惠同行，正是為了打探清楚此人到底意欲何為。

以常理來推測，慈惠是想要慫恿部族擁立欒朝遺孤，推翻當今天子。然而這樣的推論雖然符合常理，卻是相當愚蠢的行為。雖說明知是死路一條也要揭竿起義的人所在多有，但是亘和慈惠相處了這一陣子，並不認為慈惠是這種有勇無謀的人。慈惠這個人看起來深懂處世之道，說難聽點就是隻老狐狸。他不太可能為了對前朝盡忠，而輕易拋棄生命，更遑論拖累所有族人。

——沒錯，那太愚蠢了。

發動叛變的理由只因為出現了一個欒朝遺孤，那只能以愚不可及來形容。

叛亂若無人響應，馬上就會遭到鎮壓。而願意響應的人，必定是能夠透過推翻當朝獲得利益之人。如果是在先帝時期，這種人或許很多，但如今的皇帝登基之後，推翻朝廷反而會讓許多人蒙受損失，當然鹽商也不例外。何況皇帝應該早已察覺慈惠的不尋常舉動，並且指示各地官府及節度使提高警覺。在這種狀況下舉兵，絕對沒有辦法有什麼作為。孤立無援的小規模叛亂不會有什麼實質意義，只能算是一種象徵性的警告。

朝陽派遣亘前往北方山脈，用意正與這個情況類似。慫恿北方部族叛亂，雖然只是一種象徵性的警告，卻已足以成為朝廷抹除前朝遺孤的理由。那遺孤的存在，對皇帝肯定是有害無益，朝陽的目的正是要逼迫皇帝將其誅殺。

北方部族若發動叛亂，在背後慫恿的亘必定難逃死罪。相反地，倘若北方部族無意造反，很可能會為了潔身自保而將亘殺死。不論這場交涉成不成功，亘能夠存活的機率都相當渺茫。

——沙那賣一族必定也會遭到波及，這件事情不會因為我死了而結束。

沙那賣當家的次子參與叛亂，全族必定無法置身事外。亘明知道父親做出了致命性的決策，還是乖乖遵循父親的命令。

——難道我為了得到爹的嘉許，寧願獻出生命也在所不惜？

父親根本不把自己的死活當一回事。亘在心中如此自嘲。這整件事情之中，自己正是最愚蠢的那個人。正因為受到輕視，所以渴望獲得認同，就算明知道這是非常愚蠢且不可能成功的事情，也必須咬著牙做下去。

「快到了。」慈惠停下腳步，指著前方說道。

那是一座受到白雪環繞的村落，大大小小的屋舍聚集在一片自樹林裡開闢出來的斜坡上。每一棟屋舍都是先在斜坡上鋪設石板，使其變得水平之後，在上頭以木材搭建起井桁式的四壁，再以茅草鋪成屋頂。其中有一棟屋舍的規模特別大，位在村落後方的高地上，是由好幾棟建築物組合而成。

「那是有昃氏族長的屋宅。」

亘深吸一口氣，打起十二萬分的精神。

「如今他們整個聚落的人大概都在忙著鏟雪吧。這一帶積雪很深，鏟雪可是相當吃力的工作，千萬不能打擾了他們。」

「這聚落看起來規模不大。」

「有昃氏的聚落分成了好幾處，並非只有這裡而已。不過部族的人數確實比以前少得多，這一點不管是任何部族都一樣。」

生活在北方山脈的大部族聽說共有六支，有昃氏是其中最大的一支。雖說這裡並非有昃氏的唯一聚落，但以眼前的聚落規模來看，就算把北方山脈所有部族加起來，恐怕人數還是不多。

「……界島海底火山噴發一事，不知道他們聽了會有什麼感想？」

兩人在數天前接到了這個消息。山中消息傳遞不易，在兩人告知之前，有昃氏的人應該不會知道這件事。亘不禁有些好奇，慈惠會以什麼樣的方式傳達這個消息？說得更明白一點，他究竟會如何利用這個消息差？

「畢竟不是本土的火山噴發，只是離島的海底火山，他們應該不會在意吧。」

慈惠說得輕描淡寫。從慈惠的表情，難以看出他心中在打著什麼樣的主意。如果他的目的並非慫恿部族造反，那麼最有可能的目的就是……

——打探部族的動向！

亘認為這比慫恿造反更具有說服力。慈惠獲皇帝親自任命為鹽鐵使，可見得皇帝對他相當信任重用。由此可知，皇帝應該親自召見過慈惠，而且建立了良好的關係。在這樣的前提之下，慈惠很可能是受皇帝暗中託付，前來觀察北方山脈各部族的動向。至於慈惠的前朝重臣身分，或許不具任何意義。

如果這個推論為真，慈惠會如何處置亘這個人？亘前往北方部落的目的，是為了煽動造反，這一點，慈惠應該早就心知肚明才對。亘試著站在慈惠的立場思考。假如自己是他的話，絕對不會立刻撕破臉。與其馬上將亘擒拿，不如故意放縱，藉此觀察北方山脈各部族的反應。

——或許我得要有心理準備才行。但是這樣下去……

亘感覺到強烈的焦躁與不安，彷彿心頭有一把火在燃燒著。意圖令人難以捉摸的慈惠，讓亘思緒大亂，無法做出正確的判斷。

「亘兄弟……」

走在前面的慈惠轉頭說道：

「山中的生活可說是與死亡為伍。山民的幼童死亡數量，可是比平地還多得多。因此老夫總是不禁期盼，這些山民們每個都能夠平安過完一生，不要中途夭折。每一條命都很珍貴……當然你的命也是。」

慈惠雖然臉上帶著笑意，雙眸卻流露著淡淡的哀戚。

「可別急著尋死呀，年輕人。」

亘默然無語，兩人吐出的白煙不斷飄向身後。

慈惠自從結識了亘之後，就很欣賞這名年輕人。睿智、膽大，而且懂得臨機應變。雖然因為太過聰明的關係，導致神情有時會流露出一股傲氣，但這反而增添了亘的個人魅力。

亘是沙那賣當家的次子，他會千里迢迢來到北方山脈，只會有一個理由。慈惠不禁有些惱怒，沙那賣朝陽竟然是如此冷酷的男人。

——他毫不在意兒子的死活？

交付這樣的任務，等於是叫兒子送死。然而朝陽會將這種任務託付給兒子而非其他部屬，或許正是朝陽與其他勢力領袖的不同之處。

慈惠看著亘，彷彿正透過他推論朝陽的本性。

慈惠對亘感到相當同情。一般人如果聽見父親要求自己做這種事，應該會拒絕吧。但是亘沒有拒絕，或許這就是沙那賣家族的特色也說不定。

北方山脈部族不太可能發動大規模的叛亂，這一點慈惠已經能夠預期，但部族之中的少數幾個人物，或許真的逆勢而行，會做出叛亂的舉動。

最麻煩的一點，就在於朝陽根本不在乎叛亂規模的大小。朝陽的目的並非叛亂本身，而是要設法害死壽雪。只要找出有叛亂意圖的人物，接下來就有很多方式可以將事情鬧大，他可以慫恿對方造反，也可以直接向朝廷密告。

而且還有另外一個要素，增添了事態的複雜程度，那就是距離。如果叛亂是發生在京師附近，不管是要確認真相還是要溝通說服，都不至於太困難。但如果是發生在千里之外的北方山脈，消息的傳遞速度就會大幅降低。一旦京師接到北方山脈有人舉兵造反的消息，就算叛亂勢力立刻遭到鎮壓，或是澄清這只是誤會一場，都沒有辦法扭轉朝廷的疑慮。

事實上在叛亂發生的當下立刻加以鎮壓，遠比防範未然要簡單得多。但是……

——如果可以的話，實在不想讓年輕人枉送性命。

不管是壽雪，還是亘。

慈惠一直在思考著，如何讓這件事圓滿落幕。

一片雪白的景色之中，已可清晰看見聚落的圍牆大門。走到近處一看，門板上雕刻著各種驅魔除厄的圖騰。但因為被大雪覆蓋，所以看不太清楚。聚落之中的家家戶戶也是一樣。大部分的屋舍都是單棟建築，井桁式的木牆切口處都像圍牆大門一樣刻著圖騰，每一戶人家的圖騰形狀各異其趣。

從圍牆大門一直到族長的屋宅，沿路上的積雪都被清除得乾乾淨淨。聚落裡的每個人都拿著木鏟，勤奮不懈地鏟著積雪。

「啊，羊舌老爺！」

族人們都認得慈惠，親切地打起招呼。

「族長正在屋裡等著你呢！」

苦力已早一步抵達，告知慈惠將來訪的消息。

「唔，那我們可得快點才行。」

慈惠一邊催促亘，一邊加快了腳步。

「族長是個脾氣暴躁的人嗎？」亘問道。

「不，族長性情相當溫厚。山民部族常給人粗魯蠻橫的印象，但這裡的族長跟族人都非常和善。」

「……這意思是說，除了這裡以外的部族，都很粗魯蠻橫？」

亘聽出了慈惠的言下之意，慈惠笑著說道：

「等你見到了，自然會知道。」

亘微微露出了不滿的表情。這種因為年輕氣盛而沒有辦法完全隱藏心情的小缺點，也讓慈惠感到相當有趣。

——不能讓他就這麼死了。

這是一個很有前途的年輕人。他的前方還有著光明燦爛的未來在等著他。到底該怎麼做，才能讓他明白這一點呢？

正如同慈惠所說的，有昃一族的族長臉上一直掛著溫慈的微笑。從那笑容看起來，似乎是個相當和善的人。亘原本以為一族之長應該都像自己的父親那樣，因此心情相當緊張，直到見了族長的面，才稍微放下了心中的大石。

「被大雪掩蓋的道路，應該很不好走吧？原本積雪應該已經被踏實了，但昨晚剛好又下了雪，所以變得又鬆又軟。」

有昃族長吩咐下人送來熱茶給兩人。那茶與一般的茶截然不同，有點濃稠，帶著微微的乳白色，喝起來除了鹹味之外，還有淡淡的甜味。更奇妙的是嚥下之後，舌頭上會殘留些許的油脂氣味。亘越喝越是納悶，不明白這是什麼茶。旁人於是解釋，這一帶所謂的茶，其實是以犛牛的奶製成的飲料，他這才恍然大悟。喝完了茶，感覺身體暖和多了，疲勞也減輕了不少。

房間裡相當溫暖，與天寒地凍的屋外有著天壤之別。牆邊擺了一座巨大的器具，看起來像是陶瓷製的大灶。旁人告訴亘，只要在那裡燒柴，牆壁及地板都會變得溫暖。每一間房間都是以毛織布區隔開來，木頭地板上鋪著毛毯，毛毯上又鋪著獸皮。

「我這裡正好需要鹽。真是太感謝你了，慈惠兄。」

「今年的鹽產量剛好比往年多了一些，老夫只好拖著這身老骨頭，帶著鹽到處兜售。」

慈惠發出了豪邁的笑聲。名義上鹽商的鹽會由官府收購，但收購完的鹽如果有剩，鹽商可以自由販賣給百姓。先帝時期鹽商幾乎活不下去，但是到了現在的皇帝登基，鹽商又恢復了活力，這得歸功於寬鬆的鹽商管理制度。

「小兄弟你大老遠跑到我們這山裡賣鹽，肯定要蝕本了。但是對我們來說，當然是多多益善。」

有昃族長慢條斯理地笑著說道。此人年紀約莫五十上下，舉止儀態從容優雅，但體格異常結實，與身強體壯的慈惠可說是一時瑜亮。

「慈惠兄總是不跟我們收額外的運費。」族長向亘解釋道。

「在我們這種深山裡，不管要買任何東西，都會比平地貴三成。相反地，不管要賣任何東西，都得減價三成。一來一往之下，物價和平地差了六成。自從鹽改成專賣制之後，山上和平地的鹽價都一樣，這對我們有很大的幫助。但要僱用苦力將鹽搬上來，還是免不了得花上一筆費用。」

「原來如此……」

專賣制度會讓價格維持在定額，雖然常受人詬病，但這種不管是山區還是平地都一視同仁的作法，對居住在山區偏鄉者反而是好事一件。

當然如果要委託苦力運鹽，就得支付額外的費用。但是若要讓山民親自下山到市鎮裡搬鹽，又嫌太麻煩。而且平常不會有商人特地到這種偏僻山區賣鹽，因為搬運的成本太高，根本不會有賺頭。

光從鹽這樣東西，就可看出山上生活的不易。

「畢竟我們鹽商是從老祖宗的時代就跟部族往來，如果他們不賣我們柴薪，我們也無鹽可賣。」

慈惠發出開朗的笑聲，將茶一口喝乾。族長又拿茶將他的碗倒滿。

「小兄弟，你現在知道跟我們做生意無利可圖，是不是很失望？」

族長轉頭望向亘，那雙眸彷彿能看穿亘的心思，令亘不覺心驚。

「呃……沒有錯，原本想得太天真了。」

亘面露微笑。

「晚輩是家父的次子，差不多到了該離家自立的年紀，原本打算到這一帶做生意……」

「你要做生意，不必到我們這種窮鄉僻壤。從賀州到京師的路上，到處都能做生意。絹布這種商品，要在物阜民豐的地區才賣得出去。要不然，也可以跟異邦人貿易。」

「族長原來對平地的民情也瞭如指掌，真是佩服。」

「其實這都是慈惠兄教我的。像我們這種化外之民，大多不諳世事，他教導了我們許多知識，我們都感念他的恩德。」

亘心想，這應該只是謙遜之詞吧。身為一族之長，不太可能不熟悉風俗世事，不過山中部族的族人確實過著與世隔絕的生活，或許他是這個意思吧。

「……」

既然族人不諳世事，或許只要稍微慫恿一下，就會答應發動叛變。他們不會明白現在造反只是白白犧牲生命而已。

不過這個族長看起來相當聰明，他絕對不會允許族人做出那種事吧。

「……族長不打算離開深山，到平地生活嗎？恕我說句失禮的話，平地的生活遠比山上輕鬆得多。」

族長聽了亘的話，只是淡淡一笑，說道：

「平地的物產確實比山上豐饒得多。但我不認為我的族人在平地能夠謀得足以餬口的工作，更遑論和平地人和平相處。山上有山上的嚴苛，平地有平地的難處。」

亘點頭說道：「這麼說也沒錯。」

並不是每個平地人都過著富足的日子，三餐不繼的窮苦之人亦多如牛毛。

「不過近年來遷移到平地生活的族人確實變多了，其中大部分是年輕人。有些族人在平地順利打下了生活的基礎，他們會勸山上的族人下山與他們同住。除了我們昃一族之外，其他部族也有類似的現象。或許將來有一天，這裡也會成為沒有人居住的空山。」

族長以遺憾的口吻說道。

「原來如此……」

「有弓、有奚最近的狀況如何？」慈惠問道。

那都是有昃以外的北方山脈大部族。

「各部族的情況其實都差不多。不過有奚有不少技術高明的木地師❻，這幾年他們的木碗、木盆都能賣得高價。至於有弓，他們今年春天才和有茲發生爭執，我也不知道這事究竟要如何了斷。」

「為何發生爭執？」

「為了燒山的邊界問題……每年到了春天，山上的各部族就會放火燒山。」族長對著亘解釋道：「燒山可以取得山灰，山灰可以拿來賣錢。品質良好的山灰，可以當成染色的材料，也可以用來除去麻的苦澀氣味。山灰比木炭更輕，比木炭更適合當作商品。」

「只要是扯上邊界的問題，往往就會發生爭執。屋舍的邊界、田地的邊界……不都是這

6 工匠。

樣嗎？」

「是啊，邊界是一個很麻煩的問題。」

「部族與部族發生爭執會怎麼樣？雙方會打起來嗎？」亘問道。

「近年來部族之間的紛爭，已經很少靠武力解決了……畢竟每個部族的人數都不如以往，不能為了紛爭而失去寶貴的勞動人口。現在的作法，是由其他部族的族長居中仲裁，雙方坐下來談判。如果談不攏，事情就會變得很麻煩，大家都會很困擾。」

族長並沒有明言談不攏之後會怎麼處理，只是面露微笑。亘心想，到頭來最後的手段多半還是動武吧。

「柴薪、木工、山灰……每個部族賴以為生的東西都不一樣？」

「那是因為各部族都會盡量避免和其他部族做相同的事……一旦目標相同，就很容易發生像有弓及有茲那樣的紛爭。」

「原來如此，這也是為了減少紛爭。」

「以前各部族之間打得很凶，許多族人都戰死了。各部族為了避免人數繼續減少，才演變出了現在的談判方式。」

「但不管是柴薪、木工還是山灰，原料都是木材……啊，做生意的對象不一樣？」

「沒錯，而且適合的樹木種類也不同……現在我們不必再與洞州的踏鞴眾爭執，這點也對我們有很大的幫助。」

「洞州……」

「冶鐵需要使用大量的柴薪，從前他們會到北方山脈來砍伐樹木，讓我們很頭疼。」

「後來陛下指示洞州的節度使，制止那些踏鞴眾再做這種事。」

慈惠補充族長的話。

「原來如此……」

——由此看來，這裡的族人完全沒有發動叛變的理由。

「但是當外患消失之後，卻開始出現內憂。有弓與有茲的爭執，就是最好的例子。山民要過和平的日子，實在是難上加難。」

族長嘆了一口氣。

「搞不好到最後，有弓與有茲會同歸於盡。這麼一來，在山裡生活的人又更少了。」

族長露出了寂寥的笑容。

「最近有沒有什麼新鮮事？」

族長或許是不想繼續這個令人鬱悶的話題，轉頭朝慈惠問道。

「最近出現了個欒朝遺孤，這件事你應該知道吧？」

「嗯，前陣子有個雲遊商人來到我這裡，跟我提過這件事。」

「比這個更新的消息，大概就是界島的火山噴發吧。聽說界島近海的海底火山，在前一陣子噴發了。」

「噢？」族長瞪大了眼睛說道：「海底火山……像我們這種山民，實在很難想像那是什麼東西。」

「原本沉睡在海底的火山忽然噴火，行經當地的海商都無法通行，恐怕會有好一段時間沒有辦法貿易了。」

「為什麼不從其他港口進出？」

「要找到合適的港口很不容易。小船或許還好找替代的港口，但海商的大船很吃水……也就是沉入海中較深，沒辦法進入水深過淺的小港口。此外，潮流也是一大問題。因為潮流向不一樣，能夠前進的方向也完全不同。一個不小心，還可能擱淺、觸礁。界島附近一帶的海域最適合航行，所以才會成為貿易的集中地點。」

「這可真是麻煩的問題。」

族長恍然大悟地點了點頭。

「不過畢竟是發生在離島的事情，不會對你們造成什麼影響吧。」

「是啊，距離我們太遙遠了。」

族長臉上帶著興致缺缺的表情。但亘偶然轉頭一瞥，發現分隔房間的毛織布縫隙處露出了一雙眼睛，後方似乎躲著一個人。

那人似乎也察覺了亘的視線，迅速閃身離去。

「……抱歉，不知能否容許晚輩在聚落內隨意走走？」

族長很爽快地同意了，隨即便要找個人陪在亘的身邊當嚮導，他本想拒絕，但忽然改變了想法，說道：「那就有勞了。」

最後族長挑上了他的小兒子作為此次的嚮導。

「我叫晳。」

小兒子的年紀約二十歲左右，比父親矮小了一些，看起來是個相當老實的年輕人。

亘跟著晳漫步走在聚落裡，他留意到家家戶戶不管男女老幼都拿著木鏟，除去地面上的積雪。

「這裡只要一下雪，我們就必須像這樣鏟除。不然的話，雪很快就會越積越高。看起來今天也會下雪吧。每天都要鏟雪的日子，實在讓我覺得很煩。」

晢仰望著頭頂，亘也跟著他的視線一同望向天空。確實有著極厚的深灰色雲層，看起來隨時可能會下雪。

「你喜歡在這裡的生活嗎？」

亘低頭望向晢。眼前這年輕人的雙眸是如此清澈，有如少年一般，心中充滿了理想與抱負，除了眼前感興趣的事物之外，什麼也看不見。

——那表情簡直像是嘗盡了世間所有的痛苦。

亘心中竊笑。

「你不用幫忙鏟雪嗎？」

晢沒有回答這個問題，只是微微睜大了眼睛，臉頰泛紅。亘見了晢的反應，心裡猜想這個年輕人恐怕從來不曾自己鏟過雪吧。或許是因他出生於族長之家，鏟雪之類的工作自有下人負責，也或許是因他是么子，所以從小受到特別的呵護。

亘驀然想起了自己的兄弟姊妹。所有兄弟姊妹裡，年紀最小的是妹妹晚霞。但就算是晚霞，也從來不曾受到父母的特別呵護及照顧。母親極少在兄弟姊妹面前露臉，父親則是對兄弟姊妹相當冷漠。不只是對晚霞冷漠，對亘等其他兄弟也一樣。

——不……

唯有大哥，父親經常和他說話。雖然大多是命令或斥責，從來不曾放鬆地閒聊，但總好過視而不見。

——從小到大，我到底和父親說過幾句話……？

父親在面對其他族人，甚至是外人時，態度都相當和善客氣。但不知為什麼，父親對家人的態度總是非常冷淡。

從小在亘的眼裡，父親就是一個兼具威嚴、仁慈與智謀的當家，受到所有人尊敬。亘一直以父親為榮，總是想盡辦法讓自己獲得父親的讚美。

——如果我能夠在完成爹交代的任務後死去，爹會在心裡稱讚我做得很好嗎？

答案是絕對不會。亘的心裡很清楚這一點。

想到這裡，自己不禁感到呼吸困難。

「……如果住在平地的話，就不會有這些麻煩了。」

亘完全無視之前的對話，直截了當地道。

「嗯……是啊。」皙連連點頭。

「剛剛你好像提過海底火山什麼的？」皙忽然問他。

亘心想，剛剛躲起來偷聽的人果然是他。

不過亘並沒有針對這一點出口斥責，反而堆了滿臉的笑容，說道：

「是啊，界島附近的海底火山噴發了。你知道界島嗎？」

「聽過……」晳雖然口中如此應答，但顯得沒什麼自信。

「界島是位在霄國東南方的島嶼，它是霄國最重要的貿易門戶。現在那附近的海底火山噴發了，商人沒有辦法再經由界島往來經商，全都傷透了腦筋。而且目前音訊不通，不清楚界島的受害情況。」

「這事情很嚴重嗎？聽羊舌老伯的口氣，似乎不是什麼太嚴重的事情。」

「他故意說得輕描淡寫，是為了避免引發太大的不安。畢竟這陣子因為欒朝遺孤的事情，市井之間已經有點人心惶惶。」

這幾句話其實是三分真、七分假。市井百姓根本不會在乎欒朝遺孤的事情。相較之下，界島的火山噴發，對於平日必須靠買賣維生的人來說，可是攸關生計的一大問題。

「你知道欒朝遺孤的事情嗎？」

晳點了點頭。

「聽說我們這一帶就是欒氏的發跡地。我也不是很清楚，但聽老人家提過。」

——我也不是很清楚？

這意味著眼前這個年輕人對爀朝的事情並不感興趣，畢竟那已經是很久以前的事了。亘原本就猜到要煽動叛亂並沒有那麼容易，但沒想到部族年輕人對爀朝的漠不關心到了這種程度。就算想要煽動，也沒有下嘴的地方。現在該怎麼辦才好呢……

——到其他部族看看狀況嗎？還是……

沒有火，就沒有辦法煽風點火。既然如此，那就先搞一點火苗出來。

「……我想到有弓及有茲的聚落去看看，離這裡很遠嗎？」

「不，都很近，只要翻過前面的山頭就到了。高山上適合居住的地方相當有限，所以聚落也大多在附近。畢竟人多的地方，野獸才不敢靠近。每年到了春天，各聚落的人都會進入周圍的山林，搭建小屋作為據點，砍伐附近的樹木。每年都會換一個據點，不會一直砍伐同一處的樹木。」

亘心想，原來這就是部族居民的生活模式。

「你願意為我帶路嗎？」

「可以是可以，不過……」

皙的眼神帶著三分懷疑。

「我想要與這附近的聚落做生意，所以想知道實際的狀況。」

「啊，原來如此。」皙露出恍然大悟的表情。

既然沒有火苗，那就由自己來當火苗吧。

「老夫也跟你們一起去吧。」

背後忽然響起了說話聲。亘愕然回頭一看，只見慈惠就站在面前。

「老夫正好也想到附近的聚落繞一繞。」

「……」

亘見慈惠的臉上掛著微笑，實在不曉得他心裡有何圖謀。三人於是出了聚落，走在積雪的道路上。

「希望別再下雪了。」

皙仰望天空，不安地皺著眉頭說道。天上依然有著厚厚的雲層，遮蔽了陽光。

❀

「阿俞拉……阿俞拉……」

那是來自神靈的呼喚聲。阿俞拉凝視著打在岩礁上的浪花，豎起了耳朵聆聽。

那聲音彷彿來自深邃的地層底下，又像是迴盪在腦海的深處。

「阿俞拉……爾自安眠，我當暫借爾身一用，不過須臾，爾勿擔憂。爾若順我，我當不食衣斯哈以為報。」

那聲音是如此柔膩而甜美。

阿俞拉於是閉上了雙眼。

炎

「在拜訪有弓及有茲聚落之前，我想先去有奚一趟。」

皙說道，而亘及慈惠都同意了他。要前往有弓及有茲，必須翻過山頭，但有奚就在山頭的前方。

「有奚是……」

「主要是靠當木地師維生的部族。」

「啊，我想起來了，聽說那裡有技術高明的木地師？」亘說道。

皙聽他這麼說後，不知為何表情有些靦腆。

有奚的聚落就跟有旻一樣，大多是有著茅草頂蓋的屋舍，但屋舍的數量顯然比有旻少了一些，這裡的居民也同樣忙於鏟雪。

「晚點見。」皙快步走向聚落的深處。

慈惠望著其背影，臉上露出微笑。

「聽說皙愛上了有奚聚落的女孩，而且那女孩還是有奚最高明的木地師的妹妹。」

「噢，原來如此。」

慈惠的眼神充滿了慈愛，宛如望著自己的孫子。

「……在這種深山裡，除了談戀愛之外，大概也沒有其他樂趣了。」亘忍不住說道。

慈惠皺眉說道：「別說這種話。」

亘默默將頭轉向一旁。

「哎呀，羊舌老爺，真難得你會在這種季節來訪。」

一個原本正在鏟雪的老翁偶然間抬起頭來，對著慈惠說道。那老翁的年紀看起來相當大，鬍鬚跟雪一樣白。他以木鏟當作拐杖，慢條斯理地走了過來。

「我來問問看，你們缺不缺鹽……族長在嗎？」

「在是在，但他正在仲裁有弓及有茲的談判。你知道嗎？有弓及有茲為了一點無聊事，又吵了起來。」

「為了春天的燒山問題嗎？」

「沒錯，自從發生那件事之後，兩邊就吵鬧不休。你也知道我們族長的姪女嫁到了有茲，因為這個緣故，他們只要吵起來，就會拉我們族長出來仲裁。在這種大家忙著鏟雪的日子，真的是給人添麻煩。」

「大雪封山的日子，爭執也會變多。只怪你們族長太重情義，無法置身事外。」

「是啊，他這個人最重人情。年輕時的族長，可是個血氣方剛的人物，上了年紀之後，性情才越來越樂於助人。」

老翁哈哈大笑，露出了參差不齊的牙齒。

「羊舌老爺，你身旁的小兄弟，是你的接班人嗎？但我記得你好像沒有兒子，不是嗎？」老翁忽然望著亘說道。

「呃，他是……」慈惠話正說到一半，不知是想到了什麼，忽地改口：「對，他正是我的接班人。」

亘聞言也不否認，心裡猜想，或許慈惠是懶得解釋了吧。

慈惠將雙手交叉在胸前，沉吟了一會兒後說道：

「總之我先去向族長打個招呼……亘兄弟，你也跟我一起來吧。」

慈惠邁開大步，亘於是跟在他的身後。

——有弓及有茲的族長剛好都在這裡……但是……

亘心中暗忖，慈惠跟族長們都有交情，參與談判當然沒有問題，但自己是完全陌生的局外人，根本插不上話。如果要慫恿叛亂，還是應該從族長以外的人下手。

「我看我還是跟晳在一起吧。族長們談事情，我這局外人不適合進去打擾。」

亘說完這句話，便轉身朝晳離去的方向跨出大步。

「喂……」慈惠似乎還想說話，但亘卻假裝沒有聽見，隨即走進了一條窄道。

那道路積雪頗深，中間鏟出了僅能容一人通行的窄路，兩旁的雪堆成了高聳的崖壁。

亘沿著窄路前進了一會兒，途中向一名正在鏟雪的族人問道：「聽說有位技術很好的木地師，請問住在哪裡？」

「就是西邊角落那棟屋子。」

那族人雖然對亘投以懷疑的目光，還是回答了他。或許是以為亘是收購木器的商人吧。

西邊角落的屋子並不大，只有一間主屋及一間倉房。屋外並沒有人在鏟雪，屋頂上的一大片積雪無聲無息地滑落在屋子旁的地面上。

屋子裡隱隱傳出切削聲，亘原本走向主屋的方向，但仔細一聽，聲音似乎來自倉房，於是又轉頭朝倉房走去。

「打擾了。」

亘喊了一聲，打開倉房的木門。

就在亘發出聲音的瞬間，切削聲戛然而止。一股暖流從門內飄散而出，亘怕這股熱氣會全部散光，便趕緊入內，將木門關上。

裡頭原來是一間房間，角落有一座陶瓷的大灶，灶上擺了只鐵鍋。鍋裡煮著滾燙的熱水，正在冒出騰騰熱氣。

亘環顧房內，只見門後土間❶處散落著大量的木屑，土間的後頭則是鋪了毛毯的木頭地板，各種白木材質的碗、盆堆積如山。

土間裡除了亘之外，還有兩男一女。男人之一就是晳，另一人則看起來年近三十，那男人坐在轆轤前，手上拿著刨刀。轆轤是一種削磨木材的器具，只要將木材打橫設置在轆轤的檯子上，再踩動踏板讓轆轤旋轉，並將刨刀貼到木材上，就可以把木材切削磨成碗、盆之類的圓弧形狀。

男人的周圍堆積了大量的木屑，晳站在男人的身邊，另有一名少女則站在男人身後。三人見到這個突如其來的訪客，男人瞬間流露出警戒之色，而少女的臉上則帶著懼意。

亘心想，這男人應該就是有奚最高明的木地師，那少女應該就是他的妹妹，也就是晳的意中人吧。

晳吃了一驚，問：

「怎麼了？你不是跟羊舌老爺在一起嗎？」

接著他轉頭朝那木地師說道：「他是我們的客人，沙那賣族的生絲商。」

「羊舌前輩正在向你們的族長打招呼。聽說你們的族長正在和有弓、有茲的族長商量事情，我不好意思去打擾，就在附近隨便逛逛。」

「原來如此。」

「方便打擾你們嗎？」亘朝木地師問道。

木地師點點頭，冷冷地說：「請便。」

「聽說你是相當高明的木地師，我一直想親眼見識你的作品。」

「碗、盆什麼的，那邊有很多。」

木地師朝著木頭地板的方向抬了抬下巴。那表情是如此陰鬱，眼神亦黯淡無光，彷佛已對生活失去了興趣。

「他是聶，有奚最高明的木地師。」

皙以自豪的口吻說道。

然而聶聽了皙的讚美，依然無動於衷，只是默默踩著踏板，讓轆轤持續旋轉。

亘走到木頭地板的邊緣處坐下，拿起了一只木碗。木頭的香氣撲鼻而來。不管是碗的側面還是碗緣都非常平滑，拿起來非常稱手，指尖完全感受不到一絲稜角。

1 傳統屋舍空間名稱，比地板低一些，而與屋舍外的地面齊高，通常是以泥土夯實而成，位於玄關大門後。

「只要把這些木器拿到山腳下，請塗師❷塗上漆，馬上就成了美麗的漆器。聶哥的碗，就連塗師也讚不絕口，說他的碗不僅光滑平順，而且跟手掌非常服貼……」

「嗯，品質真的很好。」

亘仔細打量那些木碗及木盆。只要找來技術高明的塗師，使用上等的良質漆，應該可以製作出價格高昂的最上等漆器。

「以這樣的品質，就算是在京師，應該也賣得出去吧？」

「咦？」

亘聽晳這麼一問，錯愕地抬起了頭。只見晳的目光中流露著殷切的期盼。

「嗯……只要能夠跟好的塗師合作，應該可以賣得很好吧。當然漆也不能太差。」

「山腳下的那個塗師，技術非常高明。這麼看來，聶哥就算下了山，要維持生計絕對沒問題……」

「晳，別說這些有的沒的。」

聶的這句話，彷彿給晳潑了一盆冷水，晳登時默然無語。

——原來如此……

從亘的眼裡看來，這個木地師應該很想到平地生活，平常也多半常與晳談論這方面的話題吧。不只是聶，或許皙自己也很想下山。而且搞不好還想把聶的妹妹也一起帶走。妹妹從剛剛就一直坐在灶前，不停以紡車紡著紗，從頭到尾都沒有開口，或許是因為警戒著外地人的關係吧。

「可是……平常要找到像這樣的機會和沙那賣的商人說話，可不是很容易。有什麼想問的，不是應該趁現在問個清楚嗎？」

皙有些激動地說道。

「有什麼好問的？反正族長絕對不會答應。」聶以軟弱又無奈的口吻回答。

「你們族長不允許你下山？」亘問道。

「聶哥的技術這麼好，族長當然不會讓他離開。」皙代替聶回答了這個問題。

聶沉默不語，只是不停打磨著木器。

而亘面對著高高堆起的木碗，陷入了沉思，即使皙不停地探詢著關於平地生活的問題，亘只是隨口敷衍，並不認真回答。

2 漆匠。

過了一會兒，門外忽有人以宏亮的嗓音大喊一聲「打擾了」，接著門板被人打開。

「亘兄弟，你在這裡嗎？」

那人正是羊舌慈惠。他的視線在房間裡繞了一圈，最後停在亘的臉上。接著大跨步朝亘走來，抓住了他的手腕。

「做……做什麼？」

「跟我來一下。」

「要去哪裡……」

慈惠絲毫不給亘反抗的機會，硬生生將人拉出了屋外。晢驚愕地張大了嘴，而聶只是朝慈惠瞥了一眼，並沒有停下手邊的動作。

「現在族長們正在談判，但一直談不攏，畢竟這件事與雙方的利益都息息相關，所以雙方都不肯退讓。後來我想到了一個好主意，不過這個主意需要你的幫助。」

「我的幫助？」

亘完全猜不到慈惠到底想做什麼，只是一頭霧水地被慈惠拖到族長們的面前。族長們都有著茂盛的鬍鬚，而且身材魁梧巨大，年齡及相貌都頗為神似，幾乎難以區分。

「這個年輕人就是你說的賀州豪族少爺？」

有奚族長率先開口。他的年紀似乎最大，應該有六十多歲，聲音低沉有如悶響，給人一種無精打采的印象。或許是仲裁的工作已經讓他感到相當厭煩了吧。

「羊舌兄，你說的主意到底是什麼？」

有弓的族長問道。他的聲音頗為尖銳，有著一對雙眼皮的大眼睛，或許是感到乾澀的關係，那雙眼睛不停地眨著。

「除非真的是什麼好主意，否則即便是羊舌兄出面，我們有茲也不會輕易點頭。」

有茲的族長最年輕，但應該也已年近花甲了。不過因為皮膚泛著油光，而且聲音既響亮又刺耳，給人的感覺似乎更年輕一些。有弓族長與有茲族長看起來脾氣都很硬，想來應該是互不相讓吧。

——到底想要拜託我什麼事？

亘朝慈惠偷瞥了一眼。只見後者臉上掛著充滿自信的笑容。

「在他們賀州，從港口到沙那賣當家的宅邸之間，有一條寬敞又平坦的大道，這一點諸位知道嗎？」

三名族長各自露出狐疑的表情。

「不知道。」

有奚的族長代表三人回答了這個問題。

「這是當年沙那賣家還是賀州領主的時候，當家派人修築的道路。那是一條非常堅固的道路，修築的方式是先挖去上層的泥土，鋪上碎石後夯平，再鋪上一層細砂。細砂有著容易排水的特性，就算下雨也不會造成地面泥濘不堪。」

「噢……」

三名族長都露出了「那又怎麼樣」的表情。亘倒是吃了一驚，沒想到慈惠對沙那賣家的築路工法如此瞭解。

「要蓋出這樣的道路，必須擁有精準的測量技術，沙那賣家正擁有這樣的技術。自古以來，沙那賣家本就以技術見長……對吧？」

亘突然被這麼一問，點頭說道：「我們沙那賣家向來是精益求精。」

「諸位族長，你們經常發生紛爭的主要原因，就在於你們的老祖宗決定邊界的方式太過籠統了。我建議你們不如趁這個機會，劃定精確的界線。」

「劃定精確的界線？」

有茲族長不滿地皺眉說道：「我們的界線向來很精確。」

「我們也是。」有弓族長情緒頗為激動，嘴角不斷噴出泡沫。「我們從來不曾超出邊界一步，不遵守約定的是有茲。」

「你說什麼？」有茲族長臉上登時冒出青筋。

有奚族長見狀，不耐煩地嘆了口氣。看來有茲、有弓族長多年以來一直像這樣僵持不下，就連有奚族長也失去了耐性。

「這代表你們雙方所認定的界線，已經出現了誤差。畢竟過了這麼多年，這也是理所當然的事情。山就跟你我一樣，是有生命的活物。」

兩名族長同時陷入沉默。

「所以我們現在應該要做的，是為你們心中認定的界線測量出精確的數字，然後討論出一個雙方都能接受的結論。」

兩名族長同時將雙手交叉在胸前，沉吟了起來。

「重新測量這個主意並不壞……問題是要怎麼測量？」

有弓族長問道。

「不管哪一方測量，對方都不會相信。何況我們也不能把這麼重要的事情交給不認識的人去做。」

「這正是我把他叫來的理由。」

慈惠在亘的背上重重一拍。亘不住在心裡咕噥著「好痛」。

「只要交給沙那賣家來測量，保證萬無一失。沙那賣家擁有最高明的測量技術，我向你們打包票，絕對不會有毫釐之差。」

——開什麼玩笑！

剛剛慈惠提起道路的事，亘就已經猜到了他的意圖。

兩名族長對看了一眼，表情似乎並不反對。

「這個嘛……既然是羊舌兄推薦的人選……」

「嗯，比起一般的平地人，要值得信賴得多。」

羊舌氏自古以來就與這一帶的部族有所往來，因此相當受到信任。亘早已臉色發青，心裡暗叫不妙。

「慈……慈惠前輩，你別給我出難題。」

「這哪是什麼難題？」

「我們沙那賣家可是在遙遠的賀州，我相信這附近應該也有很多懂測量技術的人吧？」

「你從那遙遠的賀州來到這裡，不就是為了和部族的人做生意嗎？這就是生意，我們當然不會要你做白工，對吧？」

慈惠轉頭望向兩名族長。

「沒錯，只要是該付的，我們就會付。」

「沒錯、沒錯。」

兩名族長各自說道。

——本來做生意什麼的只是藉口，沒想到卻被當成了讓我騎虎難下的武器。亘想不出任何拒絕的理由，雖然心裡氣得咬牙切齒，卻又不能在族長們的面前表露。

「……我明白了。」

亘勉強擠出了生硬的微笑。「我會通知沙那賣家，派遣測量人員過來。」

兩名族長各自點了點頭。

有奚族長至此深深吁了口氣，臉上帶著終於拋出燙手山芋的表情。

離開了作為談判會場的族長屋舍後，亘向慈惠抱怨：

「慈惠前輩，你真的是……」

「我幫你找到了做生意的機會，你應該要感謝我吧？」

「別開玩笑了，這哪會有什麼賺頭？你知道光是把人派來這裡，需要花多少費用嗎？」

「你來到這裡，不就是為了做這種生意嗎？」

亘一時語塞，慈惠豪邁地哈哈大笑，又在亘的背上拍了一掌。

「別再打了，痛死了。」亘氣呼呼地說道。

──本來還打算利用有弓及有茲的不睦，從中挑撥謀事……

沒想到有弓及有茲竟就這麼握手言和了，而且自己還是促成和議的推手。天底下怎會有如此愚蠢之事？如今演變成這般局面，就算去了有弓及有茲的聚落，也沒辦法有什麼作為。

亘在心頭暗自咒罵。

──既然如此，唯一的希望只剩下……

亘的腦海裡浮現了晢、聶的臉孔。

✿

「唔，下雪了。」慈惠仰望天空說道。

亘隨著他的話也抬起了頭，雪片正自上方的深灰色天空不停飄落。

此時有奚的族長走到屋外，道：「下起雪來了，馬上就會開始積雪。何況太陽也快下山了，夜晚走在積雪的道路上太危險，兩位不如在舍下住一晚吧？」

「太感謝了。」

慈惠欣然接受。亘已放棄了前往有弓及有茲、聚落的念頭，因此也不反對。

「我去向晢兄弟說一聲。」

亘丟下這句話後，頂著雪走向聶的家。

倉房的方向又傳來削磨木材的聲音。

「下雪了。」亘打開門說道。

晢、聶及其妹妹三人還是在屋內，待在亘初次來訪時各自的崗位上。

「怎麼又開始下了……」

「晢兄弟，族長說今天就在這裡住下吧。」

聶一臉憂鬱地停下了轆轤。

「噢……」

晢一臉不捨地望著聶的妹妹，說道：

「那我明天再來。」

「好……」少女露出靦腆的微笑。

來到門外時，太陽已西斜至山邊，灑落白雪的烏雲覆蓋了整片天空，顯得格外陰暗。

晢走了兩步，轉頭望向倉房，眼神中帶著一絲憐憫。

「聶哥的父母死得很早……他父親在砍柴時被樹木壓死，母親則是因病去世。這麼多年來，他吃了很多苦……」

「難怪他能磨練出有奚最高明的木地師技術。」

晢點了點頭。

「技術越好，木器的價值就越高。但買賣權受族長一手掌控，就算聶哥的技術再好，也只是便宜了有奚的族人，他自己並沒有辦法從中獲利。」

「嗯……確實是如此。」

類似的情況，並不只發生在山上。地方組織製作出來的工藝品，都是由首領統一對外販售。要是交由製作者自行尋找買家及交涉價格，往往反而會蒙受損失。

「所以他想要到平地生活？」

晢沉默不答。

「這麼說也沒錯……以他的技術，比起在這裡為族人們工作，不如下山獨立生活，反而能賺更多錢……但族長應該不會答應這種事吧？」

「唔……嗯……」晢含糊其辭，沒有正面回答。或許因為這畢竟是他族的事情吧。

「山上有山上的規矩。」

「我猜也是這樣。」

如果任憑大家想怎麼做就怎麼做，就沒有辦法維持團體生活了。

「但年輕人想要下山，正是因為不想遵守自古留傳下來的規矩，不是嗎？」

「唔……」

「你應該也是吧？」

「咦？」

「你也想帶他妹妹下山，不是嗎？」

晳慌忙說道：

「我一定做不到的。我又不像聶哥那樣，有木地師的專業技術……而且她說會害怕，不想去平地生活。」

「嗯……」

這樣的回答，讓亘感到有些意外。不過仔細想想，這似乎也可以理解。以晳的狀況，以及那少女的嬌怯性格，與其到陌生的平地生活，不如安分地待在熟悉的山裡。

「……」

亘驀然停下了腳步。

那狹窄的積雪小徑只能容一人通過，走在前面的皙轉頭問他：「怎麼了？」

「你先走吧，我想和聶兄談一點生意上的事。」

亘說完之後，轉身沿著原路走回。冬日太陽下山得很早，四下已是一片昏暗。緩緩飄落的白色雪花在眼前異常醒目，就連吐出來的氣也是白茫茫一片。

雖然天色已暗，聶家主屋依然沒有點燈，唯倉房內持續傳出轆轤的轉動聲，顯然聶從早到晚都在不停地工作著。

聶見亘竟掉頭回來，不禁面露詫異之色，停下了轆轤。

「你還有什麼事嗎？」

「想跟你聊一點生意上的事情。」亘說完這句話後，朝妹妹瞥了一眼。

聶會意過來，向妹妹說道：「妳先去主屋燒些柴火。」

妹妹雖然一頭霧水，還是乖乖離開紡車邊，走出倉房。

「說吧。」

聶不僅惜字如金，而且口氣煩躁。

「我聽說你想要下山討生活？如果是的話，我可以幫忙你。」亘也說得開門見山。

聶的眉毛微微一顫，說道：

「你為什麼要幫我？」

「因為我看重你的技術。像你這樣的人才，埋沒在這種地方太可惜了。」

聶哼笑一聲，說道：

「你以為我會相信你這種外地人說的話？」

「等你到平地生活，每個人都是外地人。你想要跟外地人做生意，不是嗎？只有外地人，才能幫助你脫離山的束縛。難道你還有閒功夫選擇被幫助的理由？」

亘揚起嘴角說道。聶兩眼一翻，默然不語。

「願不願意跟我合作，你今晚好好想一想吧，明天見。」

說完這幾句話，亘便走出聶家倉房，轉而朝著族長的屋宅前進。當他走到積雪極深的狹窄小路上，愕然停下了腳步。慈惠竟然就站在路中央。

雖然天色昏暗，還是可以明顯看出慈惠的臉色相當嚴峻。由於兩側都是積雪壁面，亘無法從旁邊繞過去。

「你在這裡做什麼？」慈惠以低沉的聲音問道。

「我跟聶兄談一些生意上的事，這應該沒什麼大不了的吧？光是幫忙測量山上的邊界，可不算是什麼生意……」

「你應該很清楚，在這山上根本不適合做什麼生意。老夫猜得出來沙那賣朝陽派你來這個地方做什麼，但老夫不明白，他為什麼要你做這麼愚蠢的事。」

慈惠似乎已不想再與亘互相猜疑，說得直截了當。

「你是一個很聰明的年輕人，你其實很清楚自己在做的事情有多麼愚蠢吧。」

——這個人果然是來打探北方山脈部族動向的。

說得更明白一點，羊舌慈惠是來阻止叛亂的，其立場與亘剛好相反。

兩人皆一語不發，漫長沉默中，彼此耳中只聽得見雪塊從樹枝上跌落的聲音，同時，慈惠正以宛如猛禽般的犀利雙眸瞪視著亘。

出乎意料地，亘坦然面對了慈惠的怒視，開口道：「我不明白你在說什麼。」

「你如果做這種事，絕對無法全身而退，難道你不明白嗎？」

聞言，亘也不理會慈惠，想要直接從他的身旁通過。慈惠不禁揪住亘的衣襟大喝。

亘不耐煩地皺眉說道：「這我早有覺悟，否則也不會來到這裡。」

「蠢蛋！這種覺悟有不如無！」

慈惠將亘按在雪壁上。雪塊自上頭撲簌簌滑落，無數細粉如煙塵一般飄散。

「你不用那麼緊張，我頂多只是引發一點小小的暴動，馬上就會被鎮壓。」

「反正只要能夠害死欒朝遺孤，沙那賣朝陽就心滿意足了，是嗎？」

亘心想，對方果然知道父親的用意。父親的圖謀，早被皇帝看得一清二楚。他微微一笑，說道：

「沒有錯，我們這麼做，也是讓陛下少一個燙手山芋。」

慈惠放開手，嘆了一口氣。

「任何一條性命，都不應該是燙手山芋。」

亘哼笑一聲，慈惠卻是神情哀戚地凝視著亘。

——真是讓人不舒服的眼神。

那充滿了憐憫與同情的雙眸，令亘的思緒亂成了一團。

「老夫重視的，可不是只有欒朝遺孤而已。或許小小的暴動確實馬上就會被鎮壓，但即使是再小的暴動，肯定會奪走你及好幾個族人的性命。這些都是原本不應該失去的……」

慈惠按著亘的肩頭用力搖晃。

「像你這樣的年輕人，為什麼要急著尋死？老夫是在為你的性命感到惋惜。」

亘愣愣地看著慈惠的臉，不明白他為什麼會說出這種話。

「惋惜我的性命，對你有什麼好處？我實在不明白，你為何要這麼激動？」

「……你……」

慈惠忽然不再說話，只是垂下了頭，搭在亘的肩頭的手腕亦微微顫動。亘微感訝異，低頭朝慈惠的臉上望去。只見他竟然在流淚，亘不由得整個人傻住了。

「慈……慈惠前輩，你身體不舒服嗎？」

慈惠雖然看起來身強體壯，但畢竟年事已高，或許有什麼病痛也不一定。

亘想要將手掌放在慈惠的手腕上，後者卻反手抓住了他的手腕。「老夫絕對不會讓你白白送命。不管你在暗中計劃什麼，老夫一定會阻止你，聽清楚了嗎？」

——為什麼……

亘看著慈惠那不斷滲出淚水的雙眸，一時不知如何是好。昏黑的夜色之中，飛雪不斷飄落在亘及慈惠的肩頭。

花娘的父親知德所準備的船，比海商平時使用的船要小得多。看起來和漁船沒有太大的差別，就好像是在獨木舟的兩側各裝上一片舷側板。選擇如此小的船隻，理由就在於港口。

「界島上除了海商所使用的大港之外，還有專供接駁船及漁船停泊用的小港。小港的位置在內海區，距離火山噴發地點比較遠，因此就算火山大量噴發，應該也不至於受到太大的傷害。」

小港因為水深較淺，大型船隻無法進入，故選擇了體型小一些的船。壽雪聽了知德的說明，這才恍然大悟。然而如今已過了整整一天，火山的噴發依然沒有減弱，大量的濃煙掩蓋了整片天空。

即使如此，壽雪等人依然守候在港邊，做好了萬全的準備。只要一等噴發止歇，就立刻出海。壽雪的身邊，目前正由溫螢及懷抱著星星的淡海守衛。至於九九，則為了避免危險，壽雪讓她留在刺史的寓所內。知德派出了好幾名精挑細選過的水手，將船打理妥善，以便隨時可以出港。

「知德兄膽識過人。」壽雪說道。

知德只是淡淡一笑。那笑容給人一種冰冷的印象，但實際相處過後，壽雪發現男子並非性情冷漠之人。

「跟實際渡海而來的妳比起，在下的膽識可差得遠了。」

「汝等平素往來海上，如履平地，豈吾所能及？」

過去壽雪並不曾親眼見過大海，從不知原來大海是如此浩瀚無垠。不僅深不見底，而且浪頭也比想像要巨大得多，令人不寒而慄。

「哈哈……只要習慣了，其實沒什麼。在下很喜歡在船上乘著海風的感覺，反而不喜歡陸地生活。」

壽雪吃驚地問：「汝樂海以至如斯？」

「是啊……從前在下喜歡的不是海，而是海商帶來的新奇商品。在下小時候，家中常有商人出入，在下總是特別喜歡海商，因為他們會帶來稀奇古怪之物。」

夜光貝的螺鈿工藝品、綻放奇妙光彩的寶石、詭異的面具及人偶……知德舉出了這些例子。「其中甚至還有雨果的詛咒道具。雨果是巫國，受巫女王統治。」

「巫女王？」

「不只是雨果，其他像是花陀、花勒等國，也都是以巫女王為頂點，風俗文化跟我們截然不同。」

「風隨國異？」

「沒錯，不管是風土民情，還是百姓的觀念想法，每個國家都不一樣。」

「唔……」

知德向壽雪提及了許多海商的經商趣聞，以及其他國家的奇聞異事。壽雪過去從不曾聽說，因此整整兩天下來，可說是聽得津津有味。

「異國亦有幽鬼乎？」

「妖怪都有，更何況是幽鬼。」

「妖怪？何謂妖怪？與神何異？」

「這個嘛，在下也不曾親眼見過，所以也不清楚……漂在海上的幽鬼倒是見過。」

「海上亦有幽鬼？」

「當然。」知德說得煞有介事。

壽雪不禁心想，這男人真是太有趣了。

「所以海商及水手大多隨身攜帶護符。」

「護符？」

「並不是符紙，而是物品。通常是親人身上的物品。」

「汝亦隨身攜之？」壽雪問道。

知德愣了一下，才搔搔臉頰，靦腆地說道：「在下帶的護符是小女……花娘的鞋子。」

「花娘之鞋？毋乃太大……」

「妳誤會了，在下指的是孩提時的鞋子，哈哈……」

知德笑了起來，似乎是為了掩飾心中的尷尬。壽雪看著知德的臉，內心不禁暗想，花娘不知是否曾見過父親的這一面？

「……看那黑煙！」

驀然間，周圍響起了喧鬧聲，讓壽雪吃了一驚。聚集在港邊觀望火山噴發的群眾，你一言我一語地鼓譟了起來。

「黑煙好像變薄了……」

「而且範圍變小了。」

壽雪定睛一看，只見原本大量噴出的黑煙已不像原本那麼濃，不僅高度降低，也失去了原本的氣勢。

壽雪轉頭望向知德，同時知德也低下頭看向她，兩人四目相交，各自頷首。

「此時不出，尚待何時？」

壽雪喊上了溫螢及淡海，一行人快步上船，水手們也各就定位。

「去吧！」知德朝水手們下令。水手們奮力搖櫓，船身迅速向前。幾乎覆蓋整片海岸的浮石不斷撞擊船身，發出鼕鼕聲響，但一行人毫不理會，繼續前行。站在港邊的群眾紛紛發出驚呼，幾乎不敢相信有船隻敢趁這個時候出海。

壽雪的船上插著一面旗子，正是那象徵皇帝直屬臣子的青旒旗。

船隻順著潮流方向，開始往北方迂迴朝著界島前進，而壽雪正立於船首，遠眺著海面。此時火山已不再噴發，瀰漫於周圍一帶的煙霧也逐漸散去，海面變得相當平靜，風浪亦不大。船隻乘著平穩的順風，飛快往前滑行。

梟到底是如何說服了欒宮的海神？

「梟……」

烏忽然開始哀聲嘆息。

「何故嘆息？梟如何得制海神？」

「……他交付了一個人質。」

「以何人為質……？」

「就是他自己。他向欒宮的海神保證，我們一定會打倒白鼇，如果沒有做到，他就會獻出自己的身體。」

「獻出彼身？」

「就是成為對方的祭物。」

壽雪倒抽了一口涼氣。

他前來拯救烏的決心，竟是如此強烈！

——梟！

「梟……為海神所囚？」

「當然，因為他是人質……所以沒辦法和我一起戰鬥了。」

烏的聲音聽起來相當沮喪。

「他明明說要陪在我身邊的……那個大騙子……」

她哭哭啼啼地說道。

壽雪按著胸口應道：「當除鼇神，梟方得無事。」

「我一定要打倒白鼇……沒錯，我一定能打倒他！只要能取回我的半身！」

「善。」

兩人的對話才剛結束，船體突然劇烈晃動。溫螢趕緊將壽雪拉倒，以自己的身體遮擋在她上方。下一瞬間，大量的水花濺入船內。

「是為火山噴發？」

「不，只是忽然來了一陣大浪。」

船身持續左右晃動著，水手們趕緊將櫓抽出水面，以免被海浪捲走。

「火山並沒有噴發。」

淡海將手掌放在額頭，遠眺海面後說道。壽雪也站了起來，環顧四周確認海面狀況。火山確實沒有動靜了，天候也不差，但唯獨壽雪這艘船的周圍，波濤特別洶湧，波浪甚至逐漸開始凝聚，形成了漩渦，水手們見了這詭異的現象，全都尖聲大喊。

「樂宮海神已鎮，此必鼇神所為。」壽雪呢喃說道。

烏應道：「既然如此……哈拉拉！」

烏這句話一出口，星星的身體突然鼓脹了起來。並非身體變大，而是全身的羽毛底下瞬間灌滿了風。壽雪朝星星伸出手，下一瞬間，自己卻吃了一驚。因為這個動作並非出於她的意志，而是烏對身體下了指示。

星星的身上忽然有數根羽毛脫落。但那些羽毛並沒有持續飄落，而是懸浮在空中，散發著金色光輝。

壽雪的手指一翻，指向海面，那幾根羽毛陡然如箭矢般飛出，射入海中。不過頃刻之間，巨大的波浪開始減弱威力，漩渦也消失了，海面又恢復了平靜。

「浪變小了！」水手們呼喊著，同時也都鬆了口氣。

「鼇神馬上會再發動攻擊，我們要動作快！」烏說道。

壽雪將這句話轉告水手們。因為順風之故，船隻前進速度非常快，雖然一路上必須隨時警戒大浪，還是在轉眼間就抵達了港口。那港口位在河口處，受細長狀的沙洲包覆，附近一帶海域形成了內海，因此水深較淺，浪也較小。沙洲的平緩斜坡上堆滿了石塊，那裡就是上岸處，可看見好幾艘船停在石上。

斜坡上到處打著矮樁，那也稱作繫船樁，每艘船都有繩索繫在樁上。壽雪的船隻一靠近石堆的上岸處，水手們立刻跳下船，自淺水處將船隻推上石堆，然後取繩索牢牢綁在繫船樁上。淡海與溫螢先行跳往石堆上後，朝壽雪伸出了手。壽雪隨後也抱著星星跳下，腳才一碰到石堆，鞋尖便登時濕了。潮水正自海上推擠而來，促使眾人趕緊朝岸上疾奔。

沙洲上擺著好幾艘船，水手說那些都是漁船。由於火山噴發，沒辦法捕魚，所以海岸邊看不見漁民的身影。每一戶捕魚人家應該都在等待火山止歇，周圍一片死寂，完全失去了漁港原有的活力。

水手們有的家住界島，有的宿在界島上熟識的旅宿，壽雪要他們在返回皐州之前，先回家或到旅宿待命。接下來她還必須找出那把黑刀，也就是烏的半身，並且打倒鼇神。沒有人能夠預測這必須花上幾天的時間。

「吾等先往見市舶使。」

壽雪正要舉步走向港鎮，懷裡的星星忽然開始喧噪，自她的手中逃走。

「星星！」

壽雪伸手想將星星抓住，牠卻突然振翅竄上天空，飛越了海岸邊的松樹林，轉眼間已不知去向。壽雪與溫螢、淡海只好趕緊追上。

一行人繞過了松樹林，只見林後原來也是一片沙灘。沙灘上正站著一名少年，他攤開了雙臂，只見星星飛入了那少年的懷中。少年有著嬌小的身材，身上穿著麻衣，皮膚曬得黝黑……壽雪等人一看見那少年的臉，全都發出驚呼。

「衣斯哈！」

少年的身上雖然穿著奇特的服裝，但那長相確實就是衣斯哈沒錯。

衣斯哈看見壽雪等人，抱著星星僵立不動，瞪大了一雙眼睛。

「原來汝亦在此。」

自從衣斯哈被鼇神擄走之後，就失去了下落，原來是隨著鼇神來到了界島。

「別來無恙？」

「我沒事，娘娘……對不起，我沒有辦法回去。」

衣斯哈露出一臉歉意的表情。

「無妨，吾知此乃鼇神所為。」

「鼇神叫我們……一定要找出烏漣娘娘的半身，不然……」

「不然？」

「他會把我們吃掉。」衣斯哈露出泫然欲泣的表情。

壽雪一聽，不禁皺起了眉頭。鼇神果然比烏狡猾、卑劣得多。

「……你剛剛說『我們』？」淡海問道。

衣斯哈轉頭對他說道：「我還有阿俞拉。」

「阿俞拉……我記得她是你的童年玩伴？」

溫螢瞇起雙眼，似乎在翻找著腦海中的記憶。

衣斯哈點了點頭。

「阿俞拉即隱娘乎？白雷身旁之幼女？」

壽雪曾聽高峻提過這部分的細節。衣斯哈又點了點頭。

「阿俞拉說她聽得見神明的聲音，但必須在靠近水的地方……」

衣斯哈說到這裡，忽然開始左右張望。

「怎麼了？」

「我在找阿俞拉，她最近常常突然消失。白雷叔叔跟之季叔叔也不知道去哪了……」

「之季？令狐之季？」壽雪吃驚地問。

「嗯……」衣斯哈看見壽雪的反應，似乎也嚇了一跳，說道：

「前陣子火山噴發，他們好像在海上遭到波及，漂流到了岸邊……我跟一群海燕子一起把他們拖上來……」

衣斯哈說到這裡，趕緊補充說明：「他們三人都沒事，請不用擔心。」

「三人？」

「嗯，還有千里叔叔、櫟叔叔。」

——千里！

壽雪並不清楚櫟的身分，但猜得出應該是界島上的人。重要的是千里平安無事，這讓她放下了心中大石，緊繃的心情也鬆懈不少。

「幸甚……！」

「千里叔叔發了燒，前陣子一直躺在床上，現在他終於醒了。」

「他在哪裡？」溫螢問道。

「在序家……一間海商的大屋子……」

「汝速領路。」

衣斯哈點點頭，轉身領著三人往前走。前往序家的一路上，衣斯哈說明了自己來到界島之後發生的種種事情。包含了受海燕子照顧，以及救助了千里等人。

「昭奶奶很會煎藥，序叔叔很大方地提供了溫暖的房間及更換的衣物。他們兩人好像原本就認識千里叔叔他們，所以很熱心地提供了幫助。」

「原來如此。」

雖說千里平安無事，但在親眼看見他之前，壽雪還是放心不下。

一行人登上了一條相當陡峻的坡道，沿路上壽雪一顆心七上八下。直到進入了序家，看見了坐在床上的千里，她這才察覺自己早已氣喘吁吁，身上大汗淋漓。

「烏妃娘娘……」

千里此刻並無綰髮，一頭長髮只是胡亂地束在腦後，身上穿著一件看起來相當柔軟的棉質衣衫。雖然看上去整個人削瘦了不少，但氣色不算太差。他的手上正捧著一只碗，碗裡有著貌似很苦的藥湯。

「……無恙？」

壽雪一時不知該說什麼，只能如此問道。

「託娘娘的鴻福。」千里微微一笑。

「娘娘已經醒了？」

「汝信到京師，吾已醒矣。吾醒而汝不醒，何造化弄人？」

聽見此話，千里發出了爽朗的笑聲。

「娘娘如何能從皐州渡海而來？火山噴發已止歇？」

「噴發乃樂宮海神所為，蒙梟鎮之……此亦鼇神之禍。」

壽雪走上前，在床邊坐下，而溫螢與淡海皆站在入口處守望。

「得汝不死……實乃萬幸。」

壽雪輕吁一口氣，抹去額頭汗珠。

千里將水盆裡的毛巾遞給她，同時望向門口的溫螢等人，說道：

「請人拿杯水來，如何？」

溫螢聞言，便退了下去，不一會兒端來一只托盤，盤裡放著水壺及一碗粥。

「廚房裡的老嫗說，這是董大人的粥。」

「噢，那是昭老太吧？真的很感謝她。」

那碗粥煮得稀爛，裡頭似乎加了雞肉之類的配料。

「微臣在信中應該也提過，昭老太是界島巫女一族的後裔。」

「唔，古時鎮火山之巫？」

「娘娘剛剛提到，界島附近的海域有樂宮海神？這麼說來，界島人祭拜的海神，竟是樂宮之神？」

「此地乃幽宮、樂宮之界。」

「原來兩宮之間還有界線？這可真是耐人尋味。」

千里果然還是千里。一提到這方面的話題，整個人變得精神奕奕。

「鼇神犯樂宮界，海神怒引火山。今梟為質，吾等必除鼇神以助梟。」

壽雪將梟與樂宮海神之間的約定解釋了一遍。

千里聽完後皺眉說道：「既然是這樣，我們必須盡快找到半身才行。」

「半身確在此島，然不知其所在。」

「關於這一點……」

千里轉頭望向門口，說道：「衣斯哈在嗎？」

「他在庭院裡，我去叫他。」淡海轉身離去。不一會兒，衣斯哈抱著星星走了過來。

「大人找我嗎？」

「衣斯哈，煩勞你告訴娘娘，當初你救助我們時，遇上了什麼事。」

「是。」衣斯哈眨了眨眼睛，放下星星，來到壽雪與千里的面前。

「此節吾已知之。」

「衣斯哈應該沒有提過，關於黑刀的事吧？」

「黑刀？」

那正是烏的半身。

「願聞其詳。」

「呃……實際上是那它利看見的，並不是我……」

衣斯哈先如此強調。他接著解釋，那它利是一名海燕子的少年。

「他說他看見白雷叔叔撿走了一把漂流到沙灘上的黑刀。他還說，自己記得很清楚，因為那把刀的模樣很奇怪。明明沒有刀鞘，刀身卻是黑色……」

——白雷！

壽雪登時臉色大變。這很可能意味著烏的半身已經落入鼇神的手中。

「白雷……汝曾言此人不知去向？」

「對，他不知道跑到哪裡去了。」衣斯哈說道。

「最近沒有船出海，他必定還在島內，但到底去了哪……」千里神色憂鬱地道：「令狐兄也不見了，這點也挺讓微臣擔憂。」

「之季亦不知下落……」壽雪沉吟著：「願之季勿為不智之舉。」

「請問……不智之舉是什麼意思？」

「之季妹因白雷而死，兩人向有血仇。」

千里霎時瞠目結舌，摀住了口。

「何作此態？莫非病情有所反覆？」

「不……不是的……原來是這麼回事，為了替妹妹報仇，怪不得……」

只見千里雙眉緊蹙，滿面愁色。千里這個人向來達觀，凡事不縈於心，很少見他露出如此驚惶失措的神情。

「何事慌張？」

「令狐兄曾問微臣……該不該放棄報仇。」

「……汝何以答之？」

「微臣告訴他……應當下定決心……做好心理準備……」

壽雪低頭望向自己的雙手。難道之季當真下定了決心？下定了什麼決心？

「令狐兄曾有所迷惘……不，應該說他一直都處在迷惘之中。」

「彼心中確有妄執。」

壽雪略一思索，霍然起身說道：

「為今之計，當尋令狐。」

「尋找令狐兄？」

「之季不知所往，必尋白雷去矣。或已尋著，或未尋著，吾等皆應與其聚齊。尋之季即尋白雷也。」

壽雪轉頭詢問衣斯哈，之季這陣子睡在何處。

「在這裡。」衣斯哈帶著壽雪走進隔壁房間。

壽雪於是吩咐淡海到附近撿拾一些木片，並向溫螢借了匕首。

「娘娘，您要做什麼呢？」

壽雪正要接過匕首時，溫螢忽然問道。

「削木為人形。」壽雪回答。

溫螢本要遞出匕首，忽又高高舉起，說道：

「下官來削吧。只要削出人的形狀就行了，是嗎？」

「吾可自……」

「不行，娘娘。每個人都有不擅長的事情，希望您能明白。」

「……」

壽雪的雙手相當不靈巧，這點她也有自知之明。聽了溫螢這麼說，只好無奈地答應了。反正人形木片是由誰所削，並不是重點。

於是溫螢將薄薄的木片切削成了人形，壽雪伸手接過，以黑墨寫上之季的姓名，接著從被褥上找出之季的頭髮，纏繞在木片上。

不一會兒，壽雪的手掌開始凝聚大量熱氣，掌心亦不斷生出淡紅色的花瓣，這些花瓣慢慢聚集在一起，形成了一朵花。壽雪朝花上輕吹一口氣，那朵花瞬間發出玻璃碎裂聲，同時花瓣飛散，灑落在人形木片上。

那人形木片先是微微顫動，接著開始變形，經過數次伸縮，顏色逐漸轉黑，形狀也逐漸轉化為鳥形。那有著黑色羽毛的形體陡然間劇烈抖動，下一瞬間，已成為一隻幾可亂真的黑鳥。黑色的瞳孔炯炯有神，睥睨四方。

而後，那黑鳥雙翅一振，高高飛起。

黑鳥竄出窗外，越飛越遠，壽雪等人趕緊跟上。

——在山上？

那隻鳥並非朝著港口的方向而去，而是不斷飛往島嶼深處的山區。界島的島民絕大部分都是漁民或海商，居住在沿海地區，因此山區的人家相當稀少。但不知道為什麼，道路竟鋪築得相當完善。壽雪原本有些納悶，直到看見了石丁場，這才恍然大悟。原來界島產石，石材經挖掘及切削之後，會被運往港口。沿路上所見的石丁場有些還有不少石工忙著切割石塊，有些則是冷冷清清，一個人也沒有，似乎是石礦已被開採殆盡。

黑鳥不斷朝著深山的方向飛去，眾人又追了一會兒，腳下卻已沒有道路，取而代之的是凹凸不平的岩石，只要一個不小心，很可能就會摔倒。那隻鳥在樹木之間穿梭，眾人也繼續沿路追趕，轉眼間已來到了一座斷崖上。斷崖的對面亦有山巒，由此可知那是一座峽谷。

黑鳥飛越了峽谷，不一會兒已從眾人的視野中消失。壽雪以手扶著斷崖邊，想要朝峽谷下方瞥一眼，卻被溫螢及淡海迅速拉回。淡海伏低了身子，探頭往峽谷下方望去。

「唔……峽谷雖然很深，但是剛好在我們這個位置的正下方，有一片平臺。平臺上站著兩個人，一個就是那個令狐之季，另一個以布裹住了一隻眼睛，應該就是白雷吧。」

「兩人有何舉動？」

「好像是在說話，但氣氛似乎不太好。不過距離有點遠，看不清楚。」

「由此尋路，或可至該處？」

淡海看了看下方，又看了看周圍，最後說道：

「如果從那裡繞一大圈，或許能到也不一定。」

他指著旁邊一段生長著茂密樹木的平緩斜坡說道。

「速行。」

於是由淡海帶頭，壽雪一步一步地爬下了那崎嶇不平的斜坡。

❀

之季一直在追尋著白雷的下落。問了幾個島民之後，得知白雷應該是往山上的方向去了。由於他的相貌頗為與眾不同，大多數島民見了都會記得。

——為什麼反而往山上的方向走呢？

如果要離開界島，應該待在港口的附近，等待船隻出航才對。難道這意味著不管火山會噴發到什麼時候，白雷是打算暫時不離開界島了？抑或……他是基於某種特別的目的，才想要到那山上？

之季穿過了一片老舊的廢棄石丁場，進入其後方的樹林之中。地面幾乎完全被紅褐色的岩滓覆蓋，似乎底下是一大塊的巨岩，凹凸不平的岩身到處裸露，除此之外還有大大小小的岩塊，走在上頭相當吃力。

他已經待過了相當多的地方，但從來沒見過這樣的山。不管是洞州的險峻荒山，還是賀州的明媚山巒，都與界島之山大異其趣。

好不容易登上一片斜坡，之季已是氣喘如牛。仰頭一看，眼前的視野豁然開朗。一望無際的天空底下，是一排峽谷。可惜天空陰霾不開，加上一陣陣山風颳上身來，讓流了汗的身體異常寒冷。

之季抹去脖子上的汗水後，取出竹筒喝了些水。這竹筒是路上遇見的島民所給之物。那島民得知自己想要上山，除了贈送了這個竹筒之外，還給了一些乾棗。他一邊將乾棗塞進嘴裡，一邊左右張望。這附近的地面不會留下足跡，實在難以判斷白雷走往哪個方向。

之季蹲了下來，仔細查看是否有白雷通過的痕跡。驀然間，他察覺茂盛樹叢處有幾根新生的枝椏被人斬斷了。那看起來像是有人為了通過該處，以刀子斬去攔路的樹枝。

——雖然這不見得是白雷留下的痕跡……

之季決定朝那個方向前進。雖然因為樹木太多造成視線不佳，但那附近的斜坡在繞了一大圈後，似乎能夠通往峽谷下方。他於是緊緊抓住枝幹，沿著崎嶇難行的斜坡慢慢往下走。從茂盛樹枝的縫隙之間，隱約能看見一小塊平坦的高臺。下一瞬間，之季急忙停下了腳步。因為在那高臺上，似乎有一個人正蜷曲著身子。

雖然只能看見那個人的背影，但可以肯定那就是白雷。那姿勢看起來像是正在摘採臺地上的草葉——或許是在採藥草吧。對方似乎沒有察覺自己就在身後。之季感覺全身氣血上衝，呼吸變得極為急促。然而就在他打算跨出一步的瞬間，袖口驀然有遭人拉扯的感覺。之季心中一凜，轉過了頭。

小明就站在自己的面前。那模樣與生前如出一轍。從那印著小碎花的淡黃色上衣來看，肯定是小明沒錯。然而過去之季只能看見拉扯自己袖子的手，從不曾看見小明的全身。那嫻淑的美貌，以及無助的眼神，確實就是活生生的小明。

「小……小明……」

之季感覺喉嚨像是哽住了，聲音沙啞，明明心頭有千言萬語，卻是一句話也說不出口，隨後，他不禁當場跪了下來。

小明脈脈凝視著他，緩緩搖頭。那眼神帶了三分的不安，以及七分的惆悵。

——到了這個地步，妳還是要阻止我？

記憶中那小明的死狀，與眼前的幽鬼重疊在一起。遭夫家殘忍毆打致死的小明，纖細而嬌弱的身上全是瘀青，臉孔毫無血色，緊閉的眼皮上殘留著淚痕。那畫面歷歷在目，令他痛不欲生，整個人伏倒在地上。地上那紅褐色的岩滓非常脆弱，只要輕輕一捏就會化為碎塊。在此時之季的眼裡，那怵目驚心的鮮紅色正有如飛濺的鮮血。

他抬頭一看，小明的臉上帶著淡淡的微笑，那表情就跟在世時一模一樣。笑容中帶著一絲困惑及軟弱。小明生前臉上總是掛著那樣的笑容。

之季默默凝視著那笑容，心中回想起了高峻說過的話。

——憎恨會一直存於心中，就算失去了可憎恨之人，也無法獲得解脫。就好像深埋在土裡的火苗，會在空蕩蕩的心中永無止境地悶燒著。

沒有錯，此時之季的胸中正有一把火在熊熊燃燒。那是一種憎恨之火，一種巴不得將白雷打倒在地，使其渾身血汙，受盡屈辱之後再將他殺死的衝動。

小明始終沒有開口，只是面帶微笑。

之季以手撐著地面，搖搖擺擺地起身，走向了白雷。

白雷聽見腳步聲，回過了頭來。他露出一臉驚愕的表情，隨之站起身。此時之季才察覺，白雷手上握著一把詭異的黑刀。

「你是……」

「令狐之季，曾經是賀州觀察副使。出生於當年的月真教根據地，歷州。」

白雷聽見月真教這三個字，表情竟沒有絲毫變化。從前他也是月真教的一員，後來他離開了月真教，前往賀州創立八真教，以自己為教主。

「你找我有什麼事？」白雷以絲毫不帶感情的聲音問道。

「我妹妹的夫家信奉了月真教，但他們竟然將我妹妹亂棒打死。或許你不記得了吧……當初是你拉他們進入月真教，也是你告訴他們，必須以棍棒毆打，才能治癒遭邪靈附身之人。」之季本想說得輕描淡寫，聲音卻不由得微微顫抖。

白雷依然無動於衷，淡淡地說道：「沒錯，我不記得了。」

「我想也是……如果你還記得，絕對不會再創立什麼八真教。」

「我只記得有幾個月真教的信徒，幹出了不少蠢事。用棍棒毆打之類的教義，也不是我想出來的，是教團最上面的那些人。不過話說回來，雖然月真教有這種教義，平常也不至於把人毆打致死。是那些愚蠢之徒不懂得節制，才會釀成這種禍事。」

「我不想聽你說這些藉口……」

「這不是藉口，是謬誤的訂正。天底下恨我的人從來沒少過，但我不打算背負根本不是事實的罪責。」

白雷說得異常冷漠，眼神亦有如寒冰。

之季感覺自己的腦袋正在發燙，指尖卻逐漸變得冰冷，呼吸也困難起來。他的胸口因憤怒及恨意而隱隱作痛，仇恨之火彷彿要吞噬體內的一切。

「聽說我會死於女難……原來如此，這也算是一種女難吧。」

白雷驀然揚起了嘴角。

「你認識烏妃嗎？」

之季聽了這沒來由的問題，雖然感到錯愕，還是點了點頭。

「好，那你幫我把這個轉交給烏妃吧。」

白雷突然揚手，將手中的黑刀朝之季擲來。之季大吃一驚，趕緊往後退了一步。但那黑刀卻只是落在自己的前方，他謹慎地將黑刀撿起，並仔細檢視著那刀身，儘管看上去依然是漆黑一片，卻反射出柔和的光芒，似乎散發著一股奇妙的魔力。

之季抬頭看著白雷，只見後者的態度異常平靜。之季不禁感到好奇。為什麼這男人會如此乾脆把手中的刀子交給一個仇人？為什麼在做了這件事之後，他的態度依然如此沉著？之季略微思索，終於恍然大悟。因為白雷已經有所覺悟，今天會死在自己手裡。

「……」

之季默默凝視著白雷，以手按住袖子，做了好幾次深呼吸。

「……你不要誤會了。」

他沒有想到自己的口吻還能如此平靜。

「我來到這裡，並不是為了殺你。」

白雷的眉毛微微抽動了一下。

「我要是殺了你，至多就只是個殺人凶手，不能算是為妹妹報仇。我妹妹並不希望我做那種事。儘管事實上，我多麼盼望她是希望我殺了你的，這麼一來，我就能毫不遲疑地下手。但既然妹妹不希望我殺人，如果我殺了你，只是在滿足自己的慾望而已。」

——就連盼望妹妹能這麼想，到頭來不也只是自己的醜陋慾望嗎？

之季可以忍受自己的醜陋，但無法忍受小明的神靈受到玷汙。

「我不能……汙辱了小明。」

之季緊緊握住自己的袖口。在他心頭跳動的火焰至今依然沒有熄滅。不僅沒有熄滅，而且還越燒越旺。那無情的烈火，彷彿隨時會將之季的內在燃燒殆盡。

——那也無所謂。

就讓自己此生懷抱著懊惱與仇恨，帶著滿腔的烈焰活下去吧。

或許這就是千里當初所說的決心也說不定。

驀然間，之季又感受到袖子被人拉扯。那動作有些輕柔，亦有些畏縮。

他轉過了頭。

但是這一次，之季並沒有看見小明。他心裡明白，從今爾後，小明不會再出現了。驀然間，他聽見了雀鳥的振翅聲。

當小明的幽魂飛渡了大海，到達了那遙遠的神宮，終有一天將會重獲新生吧。之季閉上了雙眼，眼皮的內側彷彿能看見黑夜中的滿天星辰，冰冷卻又充滿暖意的星光，緩緩滲入了自己的胸口。

那小小的光芒是如此冷冽，如此黯淡，彷彿隨時都有可能熄滅，卻又從不曾消失。

當之季再度睜開雙眼時。

「之季……」

壽雪赫然就站在自己眼前。

壽雪急急忙忙地爬下斜坡，內心正為了白雷與之季的對峙而忐忑不安。尤其是當她瞥見白雷將手中的黑刀拋向之季時，更是摸不著頭腦，不明白為什麼白雷要這麼做。

目前看來，白雷似乎沒有加害之季的意思，但之季就很難說了……壽雪想要仔細觀察之季的舉動，卻因為腳下的斜坡太過崎嶇難行，實在沒有辦法分神細看。所幸在紅褐色的岩滓之間偶有裸露的石面，自己只能盡量找石面下腳，一步一步地往下移動。

這座山的地質似乎以岩石為主，像這樣的岩山有著容易排水的優點，同時也容易造成地下水大量囤積。當地下水湧出地面，就會形成灌溉山麓地帶的湧泉。

「我來到這裡，並不是為了殺你。」

之季的一句話，再度讓壽雪心中一凜。她緩緩爬下斜坡，同時仔細聆聽著兩人的對話。

——原來之季……

當壽雪抵達了兩人所站的臺地時，陡然望見小明就站在之季的背後。其身影越來越淡，宛如與背景融合在一起，終於消失無蹤。就在小明消失的同時，不知何處傳來了振翅聲。

——但願小明能夠順利飛渡幽宮，重新獲得生命。

壽雪暗自祝禱，同時走向之季。之季見到了她，驚訝中竟帶著三分泰然，彷彿早已預期壽雪會在這個時候出現在自己面前。

「烏妃娘娘……」

「小明已赴極樂。」

之季淡淡一笑，神情帶著幾分欣慰及幾分寂寥。

壽雪轉頭望向白雷。白雷的表情依然帶著一股煞氣，雙眼直視著他方，完全不把烏妃放在眼裡。

「白雷……」

壽雪朝之季手上的黑刀瞥了一眼，不明白他的企圖，心中暗自警惕。

「汝輕與黑刀，是何用意？」

「妳不想要嗎？」白雷反問。

「吾知鼇神以阿俞拉、衣斯哈性命要脅，汝今與吾黑刀，豈非陷兩人於險地？」

「妳這個人真是太老實了。」

白雷露出了哭笑不得的表情。

「我無法理解的反而是妳為什麼會相信那東西說的話。」

「……唔……」

壽雪心中暗忖，已明白雷其意。就算乖乖聽話，也沒有辦法保證鼇神會放過阿俞拉及衣斯哈。

「既是如此……」

壽雪一句話尚未說完，忽然頭頂上傳來了說話聲。

「白雷，爾果與我心意相通。」

那是屬於女孩子的聲音。壽雪抬頭一看，當初曾有一面之緣的小女孩，也正低頭看著自己。隱娘……不，阿俞拉！

「妳是……」

此刻阿俞拉的臉上絲毫不帶感情，瞳孔有如兩個漆黑的深穴。

白雷咂了個嘴，說道：「鼇神！」

壽雪聽白雷這麼說，心裡吃了一驚，仔細打量眼前的小女孩。

「為什麼……這裡明明離大海相當遙遠，而且完全沒有水源！」

白雷厲聲大喊。即便在面對之季及壽雪時，他亦從不曾表現出如此驚惶失措。

阿俞拉嗤嗤一笑，說道：

「爾只知其一，不知其二。我欲掌控此女，必得有水在側，只是其一。此地乃我千年前大戰之地，向為我所熟知，彼時樂宮海神亦怒而噴火，此乃其二。」

阿俞拉的肉身似乎已完全受鼈神控制。鼈神藉著她的口，以其聲音說道：

「此處峽谷，曩日曾有水流，因海神噴火而枯涸。」

「既然已經枯涸……」

壽雪正專心聆聽白雷與鼈神的對話，猛然一回過神來，竟看見羽衣就站在自己身旁。羽衣是鼈神的「使部」。此刻他身上依然穿著宦官服色，與當初擔任寶物庫管理者時並無二致。

「羽……！」

「此亦鼈神所望！」

羽衣這句話一說完，輕輕巧巧地從之季的手中奪過黑刀。阿俞拉尖聲大笑，壽雪猛然感覺到一股熱流自身體內側向外噴發。

「羽衣！」

那是烏。強烈的怒火讓她的力量瞬間炸裂，朝著羽衣的方向湧出。但是羽衣一個縱身，竟然像羽毛一樣輕盈地在崖壁上彈跳。

羽衣原本所站位置後方的岩石驟然爆裂開來，就連周圍的岩石壁面也出現了大量裂縫。

笑聲自頭頂落下，正是那鼇神發出了訕笑。

羽衣跳到了他的身邊，手中捧著那把黑刀。

「烏！千年不見，爾依舊魯莽似此！」

岩壁上的龜裂處隱隱滲出水氣，轉眼之間竟有水汩汩流出。

「娘娘！」溫螢趕緊拉扯壽雪的手腕。

同時淡海也焦急地大喊：「是地下水！要噴發了！」

「爾終究非我敵手！」阿俞拉以勝券在握的口吻說道。

就在這時，岩壁猛然碎裂，大量的泉水自內側激射而出。下一瞬間，四處的壁面不斷地噴發出泉水。岩石排水性能良好，正意味著內部可能積蓄了大量的水……當初爬下斜坡時，壽雪早已想到了這一點。

——一千年前因火山噴發而乾涸的水脈，如今再度因火山噴發而湧出。

溫螢拉著壽雪的手，匆忙想要爬上斜坡，但已經太遲了。轟隆聲響起，岩壁徹底碎裂，大量的泉水以排山倒海般的氣勢朝眾人襲來。

壽雪的身體就這麼沒入了洪流之中。

賀州雖然到了冬天也會下雪，但通常只有山頂才會發生積雪的現象。雪片一旦落在地上，馬上就會融化，因此下雪與下雨並沒有太大分別。然而這裡的雪卻是截然不同，因為溫度太低的關係，這裡的雪都像棉花一樣又輕又柔，飄落在地上並不會消融，反而會逐漸堆疊在一起。明明冷入骨髓，那軟綿綿的白雪卻給人一種溫暖的感覺。

這一天，亘一直待在有奚族長準備的房間裡。到了深夜時分，聶透過僕人傳話，將亘叫了出來。

「我本來以為你至少要考慮一晚，沒想到這麼快就決定了？」亘笑著說道。

聶的臉上卻是毫無笑意，只是默默轉身，走回自己的家中。亘跟在聶的身後，只見周圍雖然夜色極深，高高堆起的白雪卻看起來清晰可辨。大雪持續下個不停，完全沒有止歇的跡象，兩人的鞋印轉眼間已被積雪覆蓋。風勢越來越強勁，颳在臉上隱隱生疼。

「說吧。」

聶進入了倉房，坐在自己的座位上，亘則是走到木頭地板處坐下。風吹得門板不斷發出嘎吱聲響。灶內還燒著火，整個房間依舊相當暖和，或許聶每天都要做工直到深夜吧。

「說起來也不複雜，其實只要想辦法讓你偷偷溜下山，而且讓族人不追趕你就行了。」

「正因為做不到這種事，所以我依然還在這個地方。」

「我們必須製造混亂，只要局面亂到沒有人有空留意你的行蹤，那就成功了。」

「混亂……？」

「要製造混亂，最簡單的方法就是縱火。但只是發生火災還不夠，還必須驚動官府，才能讓族長疲於奔命。倘若能夠引來府兵，那就更好了。發生的混亂越大，族人們越有可能必須東奔西走，到處向人解釋，忙得不可開交。等到生活恢復平靜的時候，你早就逃得不知去向了。」

「要驚動官府，可是得鬧出天大的事情。」

「沒錯，正是要鬧出天大的事情。」

聶滿臉狐疑地皺眉說道：

「在這種深山裡，怎麼可能鬧出能夠驚動官府的大事？」

「當然可能。」

亘笑著說道。

「包在我身上。」

「什麼意思？」

「我叫沙那賣亘……你知道皇帝的妃子有了身孕的消息嗎？」

「唔……我想起來了，聽說有兩位妃子都懷孕，族裡的老人家還為此興奮得不得了。」

「沒錯，其中一個妃子是我的妹妹。」

聶錯愕地瞪大了眼睛。這是亘第一次看見他露出如此驚訝的神情。

「哈哈，你一定嚇了一跳吧？不過我沒有辦法向你證明我說的是真的。雖然有過所[3]，但你應該不知道那妃子的姓名，所以沒有意義。其實是不是真的對你來說並不重要，你不需要確認這種事，那是官府的工作。」

「……我還是不明白你想表達什麼。」

「這麼說好了，假如發生火災時，我被人用刀子捅了，身受重傷。族人必定會趕緊下山找大夫，同時向州院通報，說皇帝妃子的哥哥在暴動中遇襲。這時州院一定會派官差前來確認狀況，我當然會向官差解釋這只是單純的意外事故，並不是什麼暴動，但是在釐清真相之

3 身分證明文件。

前，至少會亂上好一陣子。」

——既然沒有辦法煽動叛亂，那也無妨，根本不需要真正發生叛亂。只要發生「疑似叛亂的騷動」，便已綽綽有餘。當官差前來查問時，會發現皇帝妃子的兄長遭人刺傷，這時自己只要一口咬定這些人想要謀反，州院絕對不敢輕忽此事。真相沒有辦法在短時間之內釐清，京師必然會先接獲通報。這麼一來，朝廷應該會為了保險起見，在事情鬧大之前下令處死欒朝遺孤。

聶將雙手交叉在胸前，沉吟道：

「……那個下山向州院通報的人就是我？」

亘點了點頭。

「通報完之後，你就可以直接逃走。如何，是不是很簡單？」

「真的能這麼順利嗎？」

「細節上或許會有些出入，但光是發生火災及我遭人刺傷，肯定就夠混亂了。你需要做的事情，就只是趁亂逃走。」

聶歪著頭說道：

「你真的會被刺傷？還是只是裝裝樣子？」

「想要把事情鬧大，就得玩真的，請你真的刺我一刀。」

「我動手？」

「不然還有誰？如果你做不到，我就只能自己刺自己了，那可就麻煩得多。」

亘笑著說道，而聶則露出了古怪的神情。

「你害怕了嗎？」

「倒也不是害怕，我只是不明白，這對你有害無益，不是嗎？」

亘忽然一臉嚴肅地說道：

「是啊……真的是有害無益……」

「為什麼你要這麼做？」

「因為這是我唯一的選擇。」

亘將臉轉向一旁。驀然間，門口傳來了鼕鼕聲響。亘原本以為又是大雪颳在門上，卻見聶站了起來。似乎是真的有人在敲門。

聶還沒走到門口，門板竟已被人拉開。慈惠二話不說走了進來，只見他滿身雪粉，臉色相當難看。

亘嚇得站了起來，慈惠撥去頭上及肩上的雪粉，先是瞪了亘一眼，接著轉頭望向聶。

「你是那個賣鹽的……」聶皺起了眉頭，一時摸不著頭腦。

慈惠對著他說道：

「聶兄弟，你妹妹跑去告訴晢兄弟，說你跟那來作客的商人鬼鬼祟祟，似乎不太對勁，她很為你擔心。」

聶尷尬地將頭別向一邊，亘則暗自咂了個嘴。那個妹妹實在太膽小，早知道應該先想辦法將她支開。

「你鬧夠了沒有？」

慈惠對著亘斥責道：

「別把什麼都不知道的局外人扯進來。」

「我是在幫忙他，可不是我把他扯進來。」

「你跟我來。」

慈惠忽然一把抓住了亘的衣襟，將亘拖出倉房。亘的體格並不算瘦弱，卻是毫無反抗能力。一個老人竟然能有如此膂力，令亘大為吃驚。

——沒想到這老人的一身蠻力竟然大到這種程度！

難道每個鹽商都像他這樣力大無窮嗎？應該不可能吧？

「放開我！」

外頭正颳著大風雪，亘才一張口，便感覺大量的雪灌進了嘴裡。亘只好伸手亂揮，驀然間，拳頭不知擊中了什麼，只聽見一聲悶響，揪住自己衣襟的力道同時減弱了。剛剛那一拳，似乎是打在慈惠的臉上。亘趁機掙脫，朝倉房的方向退了兩步。

慈惠則摀著自己的鼻子，也不知是否已因此而受創。

「慈惠前輩，我……」

「你還記得老夫說過的話嗎？」

——老夫絕對不會讓你白白送命。不管你在暗中計劃什麼，老夫一定會阻止你，聽清楚了嗎？

當初慈惠的話迴盪在耳畔。

「所以，老夫來阻止你了。」

慈惠目不轉睛地凝視著亘。亘不由得皺起眉頭。

——這老人到底是怎麼回事？

亘驀然感覺胸口有股熱流往上竄升，忍不住緊緊咬住了嘴唇。

自門內透出的燈火，讓周圍稍微變得明亮了些。

隱約可看見晳與聶的妹妹在主屋附近並肩而立。

「你們先進主屋去。」慈惠朝著他們說道。

兩人點了點頭，轉身走向主屋，然而卻又同時停下了腳步。

他們望著倉房方向，驚愕地睜大了雙眼。

「聶哥！」

晳縱聲大喊，同時少女發出了尖叫聲。亘轉頭一看，倉房內竟透著異樣的火光。

倉房燒起來了。

灶裡的柴薪都被人拖了出來，散落在地上的木屑都被火舌吞噬，紡車及上頭的絲線也都著了火。倉房裡幾乎每一樣東西都是易燃物，使得火勢迅速地蔓延開來。聶背對著火光，正將刨刀等工具收集起來，放進布包裡。

縱火之人正是聶。

少女嚇得癱坐在雪地上，晳在一旁將她扶住。聶慢條斯理地走出倉房，手中握著一把刨刀。那刨刀在火光中熠熠發亮。

聶猛然朝亘的方向疾奔而來，只見他以雙手緊握那刨刀，刀尖朝前，舉在腰際附近。就在這個瞬間，亘醒悟了聶的意圖，全身僵立不動。

聶決定執行亘所建議的計劃。或許他認為一旦錯過這一次，就再也沒有機會下山了吧。慫恿聶這麼做的人，正是亘自己。亘的腦袋已對接下來的事情有所覺悟，儘管心裡有一道聲音正在大喊著「快逃」，但身體有如凍結了一般，完全動彈不得。

「你這傻子！」

亘聽見了慈惠的怒吼聲，緊接著自己的身體被一股強大的力量撞開數尺。聶手中刨刀在雪中閃過駭人的鋒芒，同時大量的鮮血飛濺而出，灑落在雪地上。

刨刀插在慈惠的側腹部，慈惠按著傷口，跪倒在地上。

「……慈惠前輩！」

亘如此大喊，聲音卻連自己也聽不清楚。只能一邊喘息，一邊蹲在慈惠的身旁。慈惠已無法說話，只能不住呻吟。

聶一個翻身，在雪地上狂奔離去，轉眼間已不見蹤影。晢與少女緊緊相擁，兩人都坐倒在地上，各自張大了口，臉上毫無血色。亘看到這一幕，陡然恢復了冷靜。在這種危急關頭，絕不能有半分遲疑。

「快來幫忙！把他搬進最近的屋子裡！」

亘一邊抬起慈惠的手臂，一邊朝晢說道。

皙早嚇得臉色蒼白，還是連連點頭，搖搖擺擺地站了起來。少女正捣著臉哭泣。

「……不用了，老夫沒事。」

慈惠揮揮手，一面呻吟一面說道：「只是劃破了一點肚皮，流了點血，不礙事。重要的是救火……族人們應該都被吸引出來了，快帶他們救火。」

正如同慈惠所言，家家戶戶都有人匆忙衝出，朝著這裡奔來。

「皙兄弟，快去告訴族長，說這裡失火了。不用去追趕那木地師，反正風雪這麼大，他跑不了多遠。」

「啊……是！」

皙踉踉蹌蹌地奔了出去。

「慈惠前輩……」亘喊道。雖然慈惠說不礙事，但亘壓根不相信。

「我們得快離開這裡。亘兄弟，你幫個忙，扶老夫回有昃……」

「你在說什麼傻話？風雪這麼大，你身上帶傷，如何回有昃？」

果然慈惠的傷並不輕，無人攙扶已無法行走。

「總之不能逗留在這裡。要是被人知道老夫遭有奚族人刺傷，事情會變得相當麻煩。」

「……」

亘正是為了惹出麻煩，才教唆那個木地師幹出這種事。只是沒想到最後受傷的不是自己，而是慈惠。

「從前面那裡下坡，繞到聚落的入口處。我們剛來的時候，不是遇到一老翁嗎？那老翁的住處就在那附近，憑他的能耐，一定有辦法幫助我們。」

亘緊咬嘴唇，扶起了慈惠邁步而行。在這大風大雪之中，要攙扶著身材高大的慈惠，走在積雪的山道上，絕對不是一件輕鬆的事。明明距離不遠，當抵達時，亘已累得宛如翻過了一座山頭。

老翁似乎也已察覺失火了，正神情緊張地站在門口東張西望。他一看見慈惠與亘，便顯得有些慌張，但慈惠隨即示意他不要聲張，老翁立刻會意，默默將兩人引進了家中。

屋子裡相當溫暖，讓亘感覺心情放鬆不少。老翁脫去慈惠的外衣，檢查他的傷口。

「幸好你身上穿著厚厚的小羊裘及毛織衣，讓你撿回一條命。何況你皮粗肉厚，這一刺沒有傷及內臟，只是一些皮肉損傷。雖然會有些疼痛，但性命無憂。」

老翁貌似有豐富的狩獵經驗，對治療傷口相當拿手。他從棚架上取出了一只小瓶子，裡頭是顏色像麥芽糖的油膏狀物。一問之下，原來是馬油。老翁將馬油塗在慈惠的傷口上，並纏上布條，讓慈惠躺在床鋪休息。接著老翁將鍋子拿到灶上，煮起了藥湯，整間屋子登時滿是藥材的獨特氣味。

「羊舌老爺沒事，明天他大概就能下床行走了。」

「嗯……」亘心中半信半疑，坐在慈惠的身邊，觀察他的氣色。或許是因為大量失血的關係，他的臉孔極為蒼白，沒有半分血色，有如病入膏肓之人。

「幹鹽商這行，受傷是家常便飯，遇上盜賊也不是奇事，這點小傷我還不看在眼裡。」

慈惠閉著眼睛緩緩說道。

亘不由得垂下了頭。

「為什麼……為什麼你要代替我挨那一刀？那明明是我自願的下場……」

「你不是自願的。」

或許是因為傷口疼痛的關係，慈惠的聲音異常虛弱。才說完這句話，他已不住喘息。

「抱歉，我不應該和你說話，你別再開口了。」亘如此說道。

慈惠卻還是繼續說道：「你絕對不是自願的……絕對不是。」

慈惠不斷重複著相同的話語。亘不知如何是好，只能以手掌抵著額頭。

「你一直想要逃走。老夫看你的表情就知道，其實你非常想要逃走。」

「不可能……」

「是真的……既然你想要逃走，為什麼不這麼做呢？你已經很努力了，沒有必要再堅持下去。來吧，逃到老夫這裡來，老夫身邊剛好缺一個接班人。」

亘以雙手摀住了臉，將額頭埋在棉被裡。掌心轉眼之間已經濕透，連被褥也濕了一大片。慈惠以他那巨大的手掌輕撫著亘的頭頂。驀然間，亘想到父親幾乎從來不曾摸過自己，更遑論這般溫情的舉動。

慈惠的手掌從亘的頭部輕輕撫摸到背部。亘並沒有抬起頭來，只是默然感受著背上那隻大手所傳來的溫暖。

這場火最後只燒掉了一間倉房就被撲滅了。因為風雪太大，聶很快就被抓了回來。有奚族長給他的懲罰，是下令將他逐出聚落。

老翁說得沒錯，慈惠到了隔天已能正常行走。數天之後，亘跟隨著慈惠下了山。

亘並沒有返回賀州，而是隨著慈惠前往了解州。

亘這一生再也不曾踏入賀州一步。

晨在賀州的港口下了船。原本心中早已下定決心，絕對不會再回到這塊土地，沒想到短短幾天之後，竟然又回來了……但是晨告訴自己，這真的是最後一次了。

晨直接前往了沙那賣家的宅邸，此時的自己，在賀州已經沒有其他任何想去之處。

穿過了大門，便看見僕人匆匆忙忙地奔了過來。

晨說道：「不用招呼我。爹在嗎？我有急事。」

「回來得真快。」

朝陽從後堂走了出來。

「聽說界島的海底火山噴發了？」

朝陽的態度竟然絲毫沒有改變。晨雖然明白父親就是這樣的人，卻也不禁有些失望。

「是的，港口亂成了一團。這件事已傳入陛下的耳裡，刺史正忙著處理問題，但要讓船隻恢復航行恐怕沒那麼快。」

「如果是這樣的話，應該也沒辦法打探界島上的狀況吧？界島的港口全數停擺，想必會對貿易造成相當大的打擊……」

「從目前已知的消息來看，火山噴發並沒有對界島造成太嚴重的傷害。」

「嗯。」朝陽點了點頭，接著以眼神示意，要晨前往大廳堂說話。晨於是跟隨著朝陽穿過鋪著磚塊的中庭，進入了正面的後堂。

那是整座宅邸裡最大的房間，地上鋪著略帶青色的灰色磚塊。不管是那青灰色的磚塊，還是黑褐色的槅扇窗，都相當符合沙那賣一族的風格。當然那意思並不是過於寒酸樸素。雖然沒有過多裝飾，但磚塊及木材都是使用最高級品，這正是沙那賣一族的風格特色所在。

朝陽走到矮凳處坐下，晨也走到父親的對面就坐。

「你說有急事，到底是什麼事？」

向來不喜歡說閒話的朝陽，一坐下便這麼問道。

晨沒有立刻回答，只是目不轉睛地看著朝陽的臉。仔細想想，或許這是自己第一次如此直視父親的臉孔。父親的相貌雖然有一股精悍之氣，卻帶了三分陰鬱與三分風霜。

朝陽皺起眉頭，喊了一聲「晨」。

「……我回來傳達陛下的旨意。」

「陛下的旨意？」朝陽的聲音帶著明顯的狐疑。

「什麼意思？你怎麼會有機會接到陛下的旨意？」

「在皐州的港口……陛下希望爹退隱蟄居。」

朝陽眨了眨眼睛，雙眸中彷彿同時存在著陰沉與炙熱兩種情緒。

「噢……」

朝陽只是應了這麼一聲，接著便瞇起雙眼，彷彿想要看出晨說的話是真是假。

「陛下說……只要爹答應退隱蟄居，就不問罪於沙那賣一族。」

「……原來如此。」朝陽抬頭仰望天花板。

直到此刻，晨仍完全猜不出父親的心裡在想著什麼。

「爹，陛下或許是看在晚霞有孕的分上，處分已十分寬容，所以……」

晨一句話還沒有說完，朝陽竟哈哈大笑，肩膀亦隨之上下顫動搖擺。

「爹！」

「晨，看來你根本沒有搞清楚陛下的意思。」

「……什麼？」

「你的確是個聰明的孩子，可惜就是太耿直了，就跟杏一樣……」

晨霎時感覺一股熱流自咽喉往上竄，胸腹之間卻有一股涼意。這到底是一種什麼樣的感情，晨自己也說不上來。

杳是朝陽的妹妹，同時亦是晨的親生母親。

「如果今後想要跟在陛下的身邊辦事，你必須學會陰險與狡詐，就像陛下一樣。」

「爹……你這麼說對陛下太不敬了。」

「說得好聽一點，那叫冷酷無情。你一定要記住，陛下是個英明且冷酷無情的人。」

晨心中惱怒，瞪著父親朝陽說道：「那麼爹究竟接不接旨，還請說個明白。」

朝陽微微一笑，說道：「我當然接。你可回稟陛下，就說朝陽接旨了。」

晨這才稍微鬆了口氣。沒想到父親竟如此輕易就答應放下權力，這讓他感到有些意外。

「你不打算繼承沙那賣當家，是嗎？」

就在晨稍微鬆懈的時候，父親突然問出了這句話。

晨一時張口結舌，說不出話來，只好先調勻呼吸，才凝視著朝陽說道：

「……我打算把沙那賣家族交給亘或亮帶領。」

「好。」

朝陽也不反對，只淡淡應了這麼一句。晨不禁感到有些納悶，不明白父親的葫蘆裡在賣什麼藥。

「或許是命運的安排吧……」

朝陽低聲咕噥。

「沙那賣家族……注定將會覆滅。」

「爹，你說這是什麼話？」

晨瞪著眼說道：「陛下讓爹退隱，正是為了保住沙那賣家族。」

「不是現在，是未來。」

「……」

「既然是注定之事，那也沒有辦法。」

朝陽那達觀的態度，令晨感到百思不解。這麼多年來，沙那賣家族的安泰一直是父親的職責，也是父親的心願。

「……爹，你把晚霞送入後宮，是為了我嗎？」

朝陽看著晨，眼神似乎在說著「為何這麼問」。

「因為我是爹跟姑姑生下的孩子……所以爹希望我在京師出人頭地？」

「陛下這麼告訴你？」

「不是……」

這是晨在船上自己產生的念頭。照理來說，朝陽如果真的只追求沙那賣家族的安泰，應該會選擇盡量不接近中央朝廷。

「這個嘛……」朝陽的口氣彷彿在說著一件事不關己的事。

「我不曾這麼想過。當時我認為這麼做對沙那賣家族有利，沒想到……」

朝陽驀然嗤嗤一笑。

「事後回想起來，那真是天大的錯誤。沙那賣其實是毀在我的手裡。」

父親的笑容讓晨感到背脊發涼。

「爹……你該不會是……打從一開始就想要毀掉沙那賣家族吧？」

朝陽臉上的微笑驟然消失。他眨了眨眼睛，默默地站起身。

「爹……」

「快回京師去吧，你還得向陛下覆命才行……該說的，都已經說完了。」

朝陽這句話說得斬釘截鐵。接著便轉身走向隔壁的房間，那是他自己的私人寢室。

「……爹，我走了。」

晨最後一次望著朝陽的背影，接著起身走出廳堂，離開了宅邸，朝著港口的方向邁開大步，一次都不曾回頭。

朝陽走進私人寢室後，從櫥櫃裡取出一只小小的盒子，放在了桌上。那是只漆盒，上頭沒有任何圖紋或裝飾。朝陽打開盒蓋，只見裡頭擺著好幾只瓷盒，大小皆各不相同。他從中取出一只，揣入懷中。

朝陽走出廳堂，進入了廚房，朝著正忙碌工作的僕人喊了一聲，吩咐以灶裡的火點了一座燭臺。接著便拿著燭臺出了宅邸後門，走向桑樹林後方的山坡。那裡有一座屋宅，是從前杳在生下晨之前的住處。如今雖然已無人居住，但朝陽平時吩咐下人細心打掃，維持著乾淨整潔。

進了庭門之後，朝陽穿過中庭，直入廳堂。這座屋宅的結構與沙那賣的主宅大同小異，只是房間數量少了些，而且裝飾得較為華麗。朝陽腳下踏的是雕花裝飾的花磚，此刻，他正望著天花板的彩色花卉圖紋出神。

杳生前很喜歡花，每年一到春天，賀州總是會盛開滿山遍野的花朵，摘花是杳最大的興趣。朝陽總是陪伴在杳的身邊，注視著杳開開心心摘花的身影。

朝陽拿著燭臺，仔細觀察屋宅的每個角落。即使到了今天，屋宅裡似乎依然殘留著杳那花香般的氣息。

在朝陽的心中，杏永遠是最美、最高貴的瑰寶。

——如果當年能夠遇上那烏妃的話……

在朝陽及杏年輕的時候，如果能邂逅壽雪，或許便有機會破壞那受到詛咒的神寶，杏也不必落得年輕夭折的下場。

當然事到如今，這已經是毫無意義的夢幻泡影。

正因為無法實現，朝陽才對烏妃恨之入骨。

朝陽起身，微微一笑後，便將燭臺的火焰向前傾斜，湊向了簾帳。火舌迅速沿著那帳子向上竄燒，不過須臾之間，眼前已是一片火光。朝陽愣愣地看了一會兒，而後進入了下一間房間，接著再下一間。在每一間房間裡，朝陽都做了相同的舉動。

終於，他來到最後一間房間，也就是杏的寢室。朝陽坐在床邊，久無人使用的床鋪上依然鋪著被褥，被褥上的百花刺繡與當年毫無不同。

朝陽放下了燭臺，輕輕撫摸著那刺繡。

他耳中聽見了火苗的爆裂聲，鼻中亦竄入了木材燃燒的臭氣，濃煙在眼前迅速地擴散。

朝陽從懷裡取出了瓷盒後，打開了盒蓋，裡頭裝著一顆貌似種子的黑色藥丸。那是當年沙那賣一族從卡卡密渡海移居至霄時，一併帶過來的毒藥。

朝陽作為一名領導者，心裡非常清楚，居上位者以那樣的方式下令「退隱蟄居」，其實是在暗示讓他「自我了斷」。

高峻故意讓晨回來傳達這句話，其用意也是為了逼迫朝陽屈服。朝陽為了守住晨的性命，非得接旨不可。

朝陽清楚地感受到了高峻的冷酷無情，然而這也正是朝陽欣賞他的最大原因。

房間裡的煙霧越來越濃了。

朝陽在被褥上也點起了火，百花刺繡逐漸遭火焰吞噬，散發出了焦臭味。

那花叫什麼名堂來著？天花板上的花卉呢？花磚上的雕花呢？朝陽已全部記不得了……

「杏……」

朝陽呢喃著妹妹的名字，將毒藥放入了口中。

火光猛然一閃，整張床便這樣沒入了火海之中。

直到抵達港口時，晨才回頭望了一眼。這應該是此生最後一次看見沙那賣的宅邸了吧。一縷若有似無的煙霧，正自宅邸的後山裊裊上升，宛如在風中搖曳的披帛，逐漸與藍天融為一體。

半身

水勢實在太過湍急了，壽雪全身只能任憑擺布，連睜開雙眼也有困難。由於衝擊的力量太大，甚至掩蓋過了冰冷及痛苦，她甚至不敢肯定那推動著自己的力量是不是水流。

——自己會被沖到哪裡去……？其他人呢……？

即便意識逐漸模糊，壽雪依然為溫螢他們擔心。但願他們平安無事。

「壽雪……壽雪……」

不知何處傳來了聲音。那是烏的聲音。

「妳不用擔心，儘管放鬆身體，我會保護妳。」

那聲音在胸中靜靜地迴盪，並沒有遭刺耳的水花聲淹沒。

「不用擔心……」

驀然間，壽雪感覺身體的周圍既溫暖又柔軟，彷彿被輕柔的羽毛包覆著。

——烏……

烏的聲音逐漸遠去。壽雪在溫暖的世界中漸漸失去了意識。

「娘娘……娘娘！」

像是從遠方傳來的溫螢的呼喚聲，讓壽雪悠悠醒轉，口中忍不住發出呻吟。

「娘娘，您身上是否哪裡會疼？」

「唔……」

壽雪不停眨著眼睛，等待視野恢復清晰。終於，眼前逐漸出現了溫螢那憂心忡忡的臉孔，正不斷有水滴自他的下巴滑落。他的整張臉……不，整個身體都濕透了。壽雪心想，自己應該也一樣吧。

「吾在何處？」

壽雪低頭一看，自己正被溫螢抱在懷裡。抬頭環顧四周，兩人正置身在頗為熟悉的沙灘上。原來這裡是界島的港口，當初所搭的船就停在附近。

壽雪以雙手撐住地面，坐起了上半身。回頭往後方一看，淡海也正坐在沙灘上。他的身後躺著一個人，似乎是之季。之季的後方還有一人，正是白雷。白雷已經醒了，正靜靜地坐著，立起了一邊的膝蓋。

「是衣斯哈叫醒了我。」

溫螢說道。

「衣斯哈……」壽雪左右張望，便看見衣斯哈坐在沙灘的角落，星星也在他的腳邊。

「之季無事否？」

「還有呼吸，應該沒有大礙。」

壽雪在溫螢的攙扶下緩緩起身。

「大水竟然把我們從那座山上沖到了這裡來。」

淡海一邊說，一邊走了過來。

「多半是湧泉剛好與河水交匯在一起，使我們漂流到了河口吧。」

溫螢觀察周圍的狀況後道。

「我們竟然能夠活著，實在是運氣不錯。」

「烏……」壽雪按著胸口說道：「吾等皆為烏所救。」

是烏保護了眾人，將眾人平安帶到此地。

「……徒費其神通之力，何其愚也！」

那是阿俞拉的聲音。話中帶了三分譏笑之意。壽雪吃驚地轉頭一看，只見她正沿著水岸交界之際緩步走來。羽衣跟隨在阿俞拉身後，以雙手捧著黑刀。

「爾未得半身，氣力已盡，如何與我相鬥？」

壽雪確實不再聽見過烏的聲音了。難道是因為疲累已極，烏連開口說話的力氣也沒有了？她瞪視著阿俞拉，擺出了臨陣的架式。阿俞拉臉上則帶著鼇神的訕笑，凝視著壽雪。

——現在該如何是好？是不是該逃走？但是……

要在鼇神面前逃走，談何容易？

就在這時，忽然有人通過壽雪身旁，朝著阿俞拉的方向走去。那人竟是白雷。只見他的步伐不疾不徐，神情泰然自若。

鼇神頓時斂起了笑容，以高傲的眼神望著白雷說道：

「事已至此，爾便伏首求饒，為時晚矣。」

白雷不發一語，只是從懷中掏出一只小瓶子，將裡頭的黑色液體灑向他面前的神祇。瓶裡裝的是蠱咒毒物，從前白雷對壽雪也使用過，黑色液體幻化為蛇形，迅速撲向鼇神。

鼇神微微蹙眉，此時剛好一陣浪頭朝他靠近，他便朝那海水踢了一腳，只見海水登時捲起一團漩渦，水流向上蜿蜒伸出，有如鞭子般將蛇擊落。

「雕蟲小技，何敢來獻醜？」

那水流接著又變成了刀狀，刺入白雷的肩頭，他登時血流如注。儘管急忙伸手按住了肩膀，但鮮血還是從指縫間溢出，染紅了他的上衣。

——鼇神說得沒錯！

在神明面前玩弄巫蠱之術，猶如班門弄斧，無法發揮任何效果。這一點，白雷自己應該也很清楚才對。為什麼他還要做這種事？

「下一擊，當取爾首級。」

鼇神說完這句話後，伸手一揮，腳下的波浪再度盤旋而上。眼看水刀就要朝白雷刺出，忽然有人大喊一聲「阿俞拉」——

鼇神的動作戛然而止。

喊出那聲音的人，竟是衣斯哈。只見他臉色慘白，雙唇微顫。

「阿俞拉，妳快醒來——」

接下來衣斯哈所說的話，似乎是哈彈族的語言，壽雪一個字也聽不懂。只見衣斯哈對著阿俞拉說個不停，而阿俞拉的表情逐漸扭曲。

「哈彈豎子，壞吾好事……」

鼇神低聲咒罵，水刀須臾間散成了水花，落回到海中。而阿俞拉則腳步虛浮，身體不斷左右搖擺。

白雷見機不可失，立即發難。他將原本按著肩頭的手掌朝阿俞拉臉上揮出，數滴鮮血濺入了她的眼珠裡。鼇神咂了個嘴，伸手摀住臉。

接著白雷再度灑出小瓶裡的黑色液體，但這次的對象不是阿俞拉，而是羽衣。黑蛇朝著羽衣猛撲而去，纏繞在他身上。

白雷趁機一個箭步衝上前去，奪下羽衣手中的黑刀，同時手起刀落，斬斷了羽衣的頭顱。那頭顱飛上了半空中，下一瞬間，頭顱與身體都化成了青灰色的煙霧，復歸於無形。

「……白雷！」

因鮮血遮眼而無法視物的鼇神低聲怒吼著，同時釋放出水刀。即便白雷閃躲，水刀還是貫穿了他的腳，令他忍不住發出哀號。

鼇神縱聲大笑。

然而雙眼被蒙蔽的鼇神並沒有看見，白雷在閃避水刀的同時，也將手中的黑刀朝著身後拋出。那把黑刀劃出了一道弧線，落在壽雪的面前。壽雪朝黑刀伸出了手。

不，應該說是壽雪體內的烏朝黑刀伸出了手。

黑刀刀柄竟一下沒入了壽雪手中，下一瞬間，黑刀陡然炸裂。仔細一看，是刀身幻化成了無數的黑色羽毛。

那黑色烏羽滿天飛舞，逐漸往壽雪的身上不斷飄落。羽毛一碰到壽雪的身體，登時宛如融化一般，消失得無影無蹤。

一根、兩根……所有的羽毛都在碰觸壽雪身體的瞬間便消失了。

——回來了……

那些羽毛都回到了烏的體內。壽雪攤開雙臂，抬頭上仰，看著羽毛一根根落下，不由得閉上雙眼，感受著烏取回自己半身的奇異之感。

當最後一根羽毛碰觸到壽雪的額頭並消失之時，她再度聽見了烏的聲音。

「謝謝妳，壽雪。我已經是原本的我了。」

那聲音既感慨又興奮。

「保重。」

壽雪一句話剛說完，陡然間胸腹深處響起了海潮聲。

不……那不是海潮聲，而是鳥類的振翅聲。

是烏準備展翅翱翔。

壽雪感覺到一團熱氣驟然離開自己的身體，同時，她看見碩大無朋的黑色羽翼倏地竄上了天際。

「——烏！」

正以海水清洗眼睛的鼇神不禁低聲怒罵，同時奮力拍打水面。下一瞬間，阿俞拉的身體猛然往前傾倒。白雷趕緊衝上去將她扶住，衣斯哈也急忙朝兩人奔去。

整片大海發出了宛如嘶吼一般的沉重震動聲，海風颳過水面，激起了大量的細碎浪花。不知何處傳來了浪潮的衝擊聲。外海處高高捲起了浪頭，海面也忽地出現多個漩渦，風嘯聲此起彼落。

「快看天空！」

溫螢緊張地大喊。灰濛濛的雲層迅速凝聚，有如浪潮一般在高空中上下翻騰。轉眼之間，整片天空都被雲層覆蓋，周圍變得一片昏暗，有如夜晚忽然降臨。

雲層越來越黑，裡頭不斷有電光閃動。那光芒陡然連結海天，下一瞬間便響起了天崩地裂般的轟隆聲。閃光在整片天空此起彼落，雷鳴聲幾乎不曾止歇。海面上波濤洶湧，漩渦襲來的速度越來越快，有如盤旋翻舞的大蛇。

——這是！

狂風颳到了沙灘上，大量的浪花隨風灑落，有如驟雨一般。

「娘娘！請快退後！」

溫螢以身體護住了壽雪，一步步往後退。

「戰禍已起……」壽雪喃喃說道：「烏與鼇神之戰……」

烏終於取回了半身，獲得了自由。如今她正在與鼇神交戰。

雖然以凡人的肉眼無法目視，但從海面上波浪的逆捲、寸斷與碎裂，不難看出交戰的激烈程度。壽雪隱約可以看見烏那翻飛的鳥翼，以及鼇神那攪動波濤的四肢。

——但是……

壽雪一邊注意著戰況，一邊轉頭望向海底火山的方向，心頭不禁有些擔憂。

——打鬥如此激烈，不會再度觸怒海神嗎？

雖說有梟居中協調，但那總也有個限度。

就在這個瞬間，海面忽然高高隆起，宛如是在呼應著壽雪的擔憂。緊接著一道黑色的水柱沖上天際。

✿

——天空的模樣似乎有些不太對勁。

序家的屋宅裡，原本躺在床上的千里瞥見窗外的天空，吃驚地坐起身來。天色陡然變得黯淡無光，極厚的雲層完全覆蓋住了天空，打雷聲不斷傳來，這顯然並不尋常。

千里已無暇整理頭髮，甚至連衣服也沒換，就這麼衝出了門外。遠方似乎有陣陣落雷打在海面上。他一咬牙，便朝著能夠看見海面的懸崖拔腿疾奔。對大病初癒的千里來說，奔跑實在是極度吃力的事，但在這節骨眼，可沒有時間慢慢走了。

千里一抵達崖頂，那裡竟然早已站著一個人。他凝神一看，那人卻是楪，他正目不轉睛地凝視海面。

「楪兄，請問這是……」

「是神明正在打鬥。」

又是一陣閃電，照亮了楪的側臉。驀然間，千里感覺到有水滴打在臉頰上。本來以為是下雨，但仔細查看，才發現是海面翻湧的浪花噴濺到了懸崖上。巨大的浪頭撞擊岩礁，激起了無數水花，這大海的狂暴程度，絕對是一般人所難以想像。

「雖然我不知道是哪裡的神明在打鬥，但這一定會觸怒海神吧。」

楪的說話聲幾乎被雷鳴聲掩蓋。千里睜大了雙眼，凝視著大海。只見狂風呼嘯，雷電貫海，一道又一道的浪花劇烈噴濺，點點水珠落在千里的臉頰上。

——神明與神明的戰鬥……難道是烏漣娘娘與鼇神？

烏漣娘娘已經取回半身了？壽雪人在哪裡？千里感覺腦袋一片空白，但此時不管心中如何不安，自己都沒有辦法幫上任何忙。

——這已經不是凡人能夠插手的事情了。

千里心中如此想著。

猛然間，一道特別強大的浪潮撞擊上岩石，濺射出無數飛沫。幾乎就在同一時刻，遠方傳來轟隆聲響，似曾相識的黑雲自海面猛然向上噴發。

「啊……」

千里倒抽了一口涼氣。火山又爆發了。

黑色的濁水宛如沸騰一般直灌而上，石塊往四面八方飛射。那些噴射出的黑水既像蝶翅，又像雞尾。

「我一直在思考……」

樑似乎在呢喃著什麼，但因為雷鳴及火山噴發的聲音實在太刺耳，千里聽不清楚。

「你說什麼？」千里問道。

然而樑從頭到尾一直凝視著海面，並沒有轉頭朝他望上一眼。

「那個時候……海神為什麼沒有取我的性命呢？海上起了大浪，我身為持衰❶，本來應該會被船員們殺死後投入海中。雖然我跳進海裡逃了，但若海神真的想殺我，應該是輕而易舉的事才對。這段日子以來，我一直在想，海神不取我的性命，是否有什麼使命需要我來完成？我想來想去，實在想不出這個問題的答案。」

楪說完了這段話，才終於轉頭望向千里。

「但就在這一刻，我感受到了海神的呼喚。或許是因為上了年紀的關係吧。據說孩童與老人和神明的距離最近。更何況……我是一個持衰。」

「楪……」

「雖然不知道是否能行，但我會盡量懇求海神平息怒火。」

楪笑著走向懸崖邊緣。

「楪兄！」

「如果海神不需要我，應該會再把我送回沙灘上。」

千里急忙伸手去抓，但還沒碰到楪的身體，他便已朝著大海一躍而下。

1 海上的巫覡。

因為雷鳴聲太刺耳的關係，千里甚至聽不見棶落水的聲音。

✿

原本向上噴濺的水柱，忽地變成了黑色的水煙。壽雪原本只是一臉茫然地看著，盯了半晌後，忽察覺那水煙的勁道有減弱的趨勢。

原本噴向高空的水煙，高度似乎越來越低，顏色也逐漸變成了淡灰色，看上去朦朦朧朧，有如若隱若現的晚霞。周圍一帶的混濁海水，也正逐漸恢復原本的顏色。

——發生什麼事了？難道又是梟幫忙安撫了海神？

「是持衰……」

身旁傳來少女的說話聲。壽雪轉頭一看，阿俞拉不知何時已然醒轉，同樣正凝視著海面。那一對美麗的黑色瞳孔閃爍著光輝，彷彿正反射著浪花。

「持衰安撫了海神。」

阿俞拉說道。

「持衰……？」

「烏是這麼說的。」

壽雪瞪大了眼睛，問道：「汝能聞烏語？」

壽雪按著自己的胸口，卻什麼也聽不見。是因為烏已經離開了自己身體的緣故嗎？

「我聽得見……」

阿俞拉、衣斯哈都屬於哈彈族。據說烏的第一個「巫」，正是哈彈族人。或許因為這個緣故，所以阿俞拉聽得見烏的聲音。

「鼇神今在何處？」

阿俞拉沉默了片刻之後，才搖頭說道：

「已經遠了……烏比較近……」

壽雪心中思索著阿俞拉這句話的意思。或許因為是哈彈族的關係，阿俞拉說起官話來有些詞不達意。從前的衣斯哈也是這樣，沒有辦法精確表達出想要傳達的意思。

「……鼇遠而烏近，乃因烏強而鼇弱？」

阿俞拉點了點頭。

「從以前就是這樣。所以鼇神只能想各種辦法來對付烏……像這樣直接打起來，鼇神是贏不了的……烏非常厲害。」

——烏非常厲害！

壽雪在心中咀嚼著這句話，再度轉頭望向海面。閃電及雷鳴依然毫不間斷，強風持續激起浪潮，水花一陣又一陣朝眾人身上灑落。這場神與神之間的交戰，連壽雪也看不出來到底哪一邊占了上風。

過了一會兒，原本蟠踞在海面上的數團漩渦，開始一個接著一個消失。盤旋的勢道逐漸減弱，變回普通的波浪。頭頂上依然響著陣陣雷鳴，閃光在海面上來回穿梭。

「烏快要贏了。」

阿俞拉說道。無數水花不斷灑在壽雪的臉頰上。

驀然間，海面湧出大量的氣泡。就在轉瞬之間，大量的水柱猛然噴出水面，那些水柱形狀彎曲有如蛇形，前端卻銳利有如刀刃，朝著沙灘的方向急竄而來。

「娘娘！請趴下！」

溫螢急忙將壽雪扯倒，以自己的身體護住了壽雪全身。淡海則站在前方，準備擋下那水刀。然而那大量的水刀並非朝著壽雪撲來，卻是射向阿俞拉及衣斯哈。

——烏及鼇神最害怕的事情，是「巫」遭到殺害。

昔日高峻曾提過此事。鼇神的巫正是遭哈彈族殺死了。

——龍神！

「速逃……」

壽雪才剛開口大喊，水刀已離阿俞拉、衣斯哈近在咫尺。如今的壽雪只能緊握沙子，並無能力加以阻止，而受了傷的白雷儘管起身想要相救，但顯然已來不及了。

就在這時，一道金光驟然閃過。但那並非雷電，乍看之下，宛如星光炸裂開來般。卻原來是星星鼓翅飛起，衝向水刀的前方。

水刀被星星撞了開來，消失得無影無蹤。但與此同時，星星的身體也向外炸開，無數金色羽毛噴向了四面八方。金色的光芒須臾間化成了無數碎片，已看不出星星的原本形體。彷彿星星原來便是由光芒組成，打從一開始就不具形體那般。

無盡的金沙在空中熠熠閃爍，緩緩朝地面飄落。

「……星星！」

壽雪奔向前去，將手伸進了那光芒之中，然而自己的手掌卻感受不到任何觸感，既不冷也不熱，就只是一大片若有似無的虛幻星芒。

壽雪忍不住將其捧入懷中。

「為什麼……」

衣斯哈凝視著那光芒，急得快哭出來。

「因為我們是『巫』。」

阿俞拉說道：

「哈彈族人是烏的第一個巫，也是最重要的巫……哈拉拉很清楚這一點，所以……」

衣斯哈緊緊咬住了嘴唇，不讓眼淚流下來。

「是因為這個緣故，星星才一直待在我身邊？」

那金光逐漸地消退，宛如無數的金色細沙，由光亮靜靜地轉為黯淡。

「烏很生氣……」

阿俞拉望著海面說道。

「非常生氣……」

一時間風嘯聲與雷鳴聲互相呼應，整個海面揚起了無數細碎浪花，彷彿正在隱隱震盪。

驀然間，深灰色的天空出現了一道驚人的光芒。下一瞬間，巨大的轟隆聲響自四面八方響起，有如天崩地裂。

那原來是一道粗大的落雷貫入了海中，壽雪一時之間卻不明白到底發生了什麼事。

那道落雷讓大海裂了開來。除了「裂開」之外，已沒有任何形容詞能夠形容那現象。巨大的浪潮往左右兩側退開，露出了如乾地般的海底，兩側海水彷彿兩面青色的高牆般矗立。海底乾地從壽雪等人所站的沙灘起始，一直延伸到遠方的皐州港口。

接下來整個世界陷入了一片死寂。海潮聲與風聲都消失得無影無蹤，宛如嚇得不敢發出任何聲響的孩童。就連天上的雷鳴也戛然而止。

不知過了多久，在漫長的寂靜之後，海水形成的高牆開始緩緩下降，乾地一寸接著一寸被海水覆蓋，最終再也看不見海底的樣貌，而水流依然持續地往上堆疊。待裂縫終於被海水填滿後，海面恢復了平坦。海潮聲再度響起，海風再度輕拂海面，掀起陣陣漣漪。

原本覆蓋了整片天空的烏雲，逐漸被風吹散，陽光從雲層縫隙間穿透，照得水面閃閃發亮；大海也恢復了靜謐與沉穩，不再有噴發的火山及雷鳴。

「烏說……白鼇消失了……」

阿俞拉口中呢喃著，瞇起了眼睛凝視著陽光照耀下的海面。壽雪也將手掌側面抵在額頭上，觀察著海面。整片大海風平浪靜，剛剛的狂暴景象彷彿從來不曾發生過。

「鼇神已死矣？」

神明也會死亡嗎？壽雪不禁感到有些不可思議。但在傳說之中，霄國國土是由神明的屍骸所形成。既然如此，神明的死亡似乎也不是什麼奇事。

「白鼇將渡海遠赴幽宮，入迴廊星河，於河中漂蕩搖擺、夢寐游離，化為新生墜地……」阿俞拉呢喃著。

「與凡人無異？」

壽雪望著光輝燦爛的海面，遙想那遠在天際的幽宮，回憶那飄蕩著燦爛星光的迴廊星河。總有一天，所有人都終將前往那個地方，即使是壽雪也不例外。

「鼇神既死，事已告終。」

壽雪驀然感覺到強烈的疲倦與安心感，同時胸中浮現了麗娘的臉孔。

——麗娘……我自由了……烏妃自由了。

「娘娘，這對妳來說，可不是結束。」淡海轉頭說道：「是另一個開始。」

壽雪目不轉睛地看著淡海，接著又將視線移到溫螢的臉上。溫螢笑著點點頭，彷彿在呼應著淡海的話。

烏與鼇神的劇烈交戰，令原本覆蓋海面的浮石或粉碎、或漂往他處，因此界島與皐州之間已能夠往來航行，此刻航線上早已擠滿了海商的船。

高峻下令由之季負責界島與臯州之間的協調聯絡事務，主要的工作包含了修繕因火山噴發而損傷的船隻及港口等。之季雖然與臯州刺史、市舶使等人分工合作，還是每天都忙得焦頭爛額。

千里的身體還沒有完全恢復健康，因此持續在序家接受照顧。他告訴壽雪，等身體完全康復之後，他就會返回京師。至於為了安撫海神情緒而跳入海中的楪，則再一次平安漂流至沙灘上。

「看來海神真的很討厭我，無論如何都不肯收留。」楪苦笑著說道。

「不，我想應該是剛好相反吧。」

千里見楪平安歸來，不由得欣喜若狂。

此外，千里也告訴壽雪，希望能夠將衣斯哈與阿俞拉交給冬官府照顧。

「衣斯哈與阿俞拉……何有此意？」壽雪問道。

「這是基於某人的請託……」千里回答。

「何人託汝此事？」

「白雷。」

壽雪不禁大感愕然。白雷是在什麼時候向千里託付了這種事？更何況他明明身受重傷，怎麼不過才一會兒功夫，他竟然已經走得不知去向？

「白雷何在？重傷之人，何以遁走？」

「他似乎一直跟海燕子在一起。至於他的傷，也是由海燕子幫他治了。」

「海燕子……」

白雷自己也是海燕子出身，或許未來也打算跟海燕子一起生活吧。不過聽說他的部族已遭屠戮殆盡，所以加入的並不會是當年他所屬的部族。

——或許過一陣子後，又會看見他站在街角幫人算命也說不定。畢竟白雷就是這樣的一個男人……

「白雷將阿俞拉託付給我，說希望我好好教她讀書識字。或許是因為阿俞拉向白雷提過，我曾經陪伴過她一小段時間。」千里說道。

「確有此事，吾亦知之。」

當初與白雷破除香薔結界的合作期間，高峻曾吩咐將阿俞拉軟禁於冬官府。那段時間確實是千里在照顧著她。

「白雷以阿俞拉相託，必因知悉汝善於教化孺子……然何以連衣斯哈一同託付？」

「這其實是我的意思。或許因這兩個孩子是哈彈族的關係，他們都擁有成為巫覡的資質。衣斯哈可充當冬官府的放下郎，未來接任冬官，至於阿俞拉，或許能成為祀典使。」

「嗯……」

「當然這也得他們兩人有這意願才行。」千里笑著說道。

「阿俞拉這女孩子並不駑鈍，對做學問也抱著很大的興趣。只要好好教導，將來應能成大器。」

確定孩子的去處後，壽雪心裡確實感覺鬆了口氣。阿俞拉年紀輕輕，卻從小因為大人的關係而四處奔波流浪。如果將來她能夠找到合適的出路，那是再好也不過了。

「烏妃娘娘，您接下來有何打算？要回京師嗎？」

壽雪淡淡一笑，說道：

「吾非烏妃……從今爾後，天下再無烏妃。」

「這麼說也沒錯。」

千里也跟著笑了，神情卻帶了幾分寂寥。

「那麼……壽雪，妳接下來想做什麼，已經決定了嗎？」

「吾意已決，當先回京師。」

千里默默凝視壽雪的臉，以不捨的口吻說道：

「願妳前途似錦。」

而後，千里溫柔地笑了起來，那眼神有如望著年幼的孩童。

❀

壽雪走出序家屋宅時，望見一隻星烏佇立在附近的松樹枝椏上。

「梟，烏無恙否？」

星烏當然沒有應話，只是眨了眨那圓滾滾的黑色眼珠。自從打倒了鼇神後，梟也從樂宮平安歸來了。但如今的壽雪已聽不見烏的聲音，因此當然也接收不到梟說的話。

朝廷已下令將烏與梟同祭於星烏廟內，近期將會命人在廟內的牆壁上繪製梟的畫像。

星烏陡然振翅翱翔，朝著遠方飛去，而壽雪望著逐漸遠去的星烏，也再度邁開步伐。

下了坡道後，壽雪繼續朝著沙灘的方向前進。沙洲上停泊著不少船隻。由於這一帶屬於內海，海面上一片風平浪靜，細碎的浪花反射著燦爛的陽光，令人嘆為觀止。

在視線的遠方，是蒼茫茫的外海，顏色明顯比內海深得多，隱約可看見追逐魚群的海鳥，以及鼓脹著風帆的異國船隻。

壽雪凝視著這幅美景，不覺渾然忘我。

從界島返回皐州，同樣是搭乘了知德提供的船。九九一直在皐州港口等待壽雪等人歸來，早已等得心焦不已。她一看見船隻載著壽雪入港，便抽抽噎噎地哭了起來。壽雪一下船，她立刻撲了上來。壽雪則靜靜地站著不動，任憑她抱著自己哭個不停。淡海在一旁哭笑不得，溫螢則是露出了微笑。

知德告訴壽雪，他正好要到京師一趟，於是壽雪等人正好能搭他的船一同返回京師。隨著船隻逐漸接近京師，颳在身上的風越來越有寒意。但壽雪並不進入船艙內，堅持要站在甲板上，聞著海風的氣味。

高峻在內廷的弧矢宮內，聽著晨稟報事情的始末。由於天氣寒冷，所有的門扉都已關上，只有嵌了玻璃的槅扇窗透入了微弱的陽光。畢竟正值寒冬，連陽光也給人一種陰沉沉之感。京師一帶的冬天基本上每年降雪的次數寥寥可數，地上的積雪通常不會太厚，大雪更是數年才會有一次，跟北方邊境比起來可說是氣候舒適、宜人得多。但是對於從小生長在京師且不曾去過外地的人來說，京師的冬天畢竟還是相當難熬。

「……朕都明白了。這次讓你背負這麼沉重的擔子，朕感到相當過意不去。」

「小人……只是略盡棉薄之力，不足以當陛下此言。」

晨的臉上帶著明顯的憔悴之色。考量他這陣子的遭遇，身心俱疲是理所當然的事。高峻對他溫言嘉獎了一番，便讓他退下休息。

晨離去後，高峻不由得整個人癱倒在椅背上。每次下達類似這次的旨意，胸口總是彷彿鬱積了一股濁氣，感覺異常沉重。

「青，打開門吧，朕想透透氣。」

衛青應了，走向殿舍的側邊，打開兩扇門扉的其中一扇。一陣清風登時自門外拂入，颳得銅幡發出清脆的瑟瑟聲響。因敞開門扉之故，殿舍裡變得明亮了些，高峻這才感覺呼吸稍微順暢了點。

此時的高峻早已透過宵月接收訊息，得知了界島上的狀況。光是界島沒有因神明交戰而沉沒，就可說是不幸中的大幸。事實上高峻原本已做了最壞的打算，那就是界島可能會像當年的伊喀菲島一樣，隨著火山爆發而下陷，遭海水淹沒。

如今烏終於取回了半身，壽雪獲得了解放。壽雪再也不受任何束縛。

——從今以後，她想要去哪裡，就可以去哪裡。

就像是獲得了一雙翅膀，可以展翅飛翔到任何角落。

壽雪未來會選擇什麼樣的路，高峻已隱約能預期。

高峻閉上了雙眼，聞著風中夾帶的氣息。

在這陣陣徐風之中，是否也包含著來自海上的風呢？

這天深夜，花娘見燭臺上火光搖曳，偶然抬起了頭。此時桌上正擺著從洪濤院借來的卷軸，她打算在今晚將它讀完。侍女們都已退下歇息了，此時房間裡只有自己一個人。

花娘起身打開了門扉。吊燈在夜色中熠熠發光，照亮了周圍一帶，驀然間，花娘看見殿舍的階梯前有一道人影。花娘先是吃了一驚，但旋即放下了心，同時感到一陣欣喜。

「阿妹，妳什麼時候回來的？」

那道人影正是壽雪。雖然她身上穿著男子的長袍，頭髮胡亂紮在腦後，但花娘一看就認出那正是壽雪。轉頭一看，溫螢正跪立在附近一棵樹的陰暗處，暗中守護著她。

「方到京師。」

壽雪朝她微微一笑。花娘急忙走下階梯，握住了壽雪的手。那手掌異常冰冷。畢竟此時正值寒冬，這也是理所當然的事。

「很冷吧？快進來……」

「無意叨擾。」

壽雪順其自然地將另一手的手掌搭在花娘的手上。花娘不禁感到有些意外，過去壽雪絕不會做出這樣過於親暱的舉動來。

「阿妹……」

「紅翹、桂子受汝關照。兩人在此間可安好？」

「當然……妳放心，她們兩人做事勤快，大家都很喜歡她們。」

「得聞此言，吾心安矣。吾欲使兩人久居汝處，若何？」

花娘凝視著壽雪的雙眸。那眼神是如此平靜而祥和。

「當然沒問題……」

花娘幾乎說不出話來，半晌後才點頭說道。

「一切都結束了？阿妹，妳自由了？」

「然也。」

「這麼說來……妳要離開這裡了？」

壽雪笑而不語。

「但妳不是祀典使嗎？」

「吾已無通神之力，不應再當此職。此職後繼有人，汝可寬心。」

花娘心想，壽雪這句話的言下之意，似乎是已經決定好後繼人選了。

「嗯……」

花娘一時之間不知該說什麼才好，卻又捨不得就這麼放開壽雪的手。

壽雪似乎是看出了花娘的心情，以輕鬆的口吻說道：

「花娘，今後吾欲以海商為業。」

「咦……妳要當海商？」

花娘雖然吃了一驚，內心深處卻對此並不特別感到意外，彷彿早已預期了這樣的結果。壽雪所搭乘的船，航行在浩瀚無垠的大海上，往來於異國之間……那幅景象清晰地浮現在花娘的心頭。

「我相信妳一定很適合海商這個工作……不過妳是怎麼下定決心的？」

「乃因汝父……汝不言，吾幾忘之，界島一行，受汝父知德相助甚多。若無彼船，吾便欲往界島亦不可得。」

「我父親？」

花娘的腦海裡浮現了父親嚴肅的臉孔。沒想到父親竟然會主動幫助他人，這讓自己感到頗為意外。

「吾得汝父相助，亦汝之恩也……」

壽雪說到一半，忽然笑了出來。

「知德所持護符，乃汝兒時繡鞋。」

花娘一聽，驚訝得瞪大了眼睛。

——那真的是父親嗎？

過去花娘一直以為父親從來不把女兒的事情放在心上。畢竟他從不曾寫過一封信給自己，若有事相告，也是寫信給父親身邊的手下，請其代為傳達。她一直以為如果直接寫信給父親，一定會石沉大海。

花娘想起父親的事，心中感慨萬千，一時竟說不出話來。

「吾當隨汝父修行，將來若經商有成，或可納貢與汝。」

「妳要納貢給我？」

花娘每天都會收到許多來自海商的貢品。

「那我就期待妳的進貢了。」

因身分之故，花娘緊緊握住壽雪的手，希望將此刻的溫度深深烙印在心底。

「……妳已經見過陛下了？」

「正欲往見。」

「妳一進宮就馬上先來見我嗎？好開心，我一定要向陛下炫耀一番。」

花娘呵呵笑了起來，壽雪也跟著面露微笑。

「汝之大恩，無以為報……吾不在之日，願汝無病無災……阿姊。」

壽雪說完這句話後，放開了手，轉身離去。

明明過去花娘不管怎麼央求，壽雪都不肯說出那兩個字。

花娘忍不住追上了兩步。

「阿妹！」

而後，花娘卻停在了原地，靜靜地佇立不動，眼前的景象也逐漸因眼眶濕潤而模糊不清。即使壽雪的背影已完全消失在視線中，她也依然久久不能自已。

前往內廷之前，壽雪先回了一趟夜明宮。失去了主人的夜明宮，彷彿已靜悄悄地隱沒在夜色之中。壽雪開了門，走進殿內。溫螢遞出燭臺，她伸手接過，繼續走向深處，溫螢則站在門口候命。

壽雪打開了角落櫥櫃的櫃門，舉起手中的燭臺，照亮裡頭的東西。

魚形琥珀雕飾、木雕薔薇、雕著鳥紋及波濤的象牙篦櫛、略帶淡紅的乳白色玻璃魚形飾物、魚形木雕飾物……

壽雪將燭臺放在櫥櫃上，拿起那每一樣東西仔細端詳著。最後，她將所有的魚形飾物都吊在腰帶上，並以手帕包住了剩下的篦櫛及木雕薔薇，揣進懷裡。

關上櫃門後，她轉身回到門口，朝溫螢說了一句「讓汝久候」，便走出了殿舍。

拜訪凝光殿一事，壽雪事先已派淡海通報過了。此時她一走進凝光殿的房內，高峻旋即命帶路的宦官退下。衛青正在高峻的背後煮茶，整個室內瀰漫著茶香。壽雪閉上了雙眼，享受著那美好的清香氣味。

「坐。」坐在榻上的高峻指著身旁說道。

壽雪依言入座，而後衛青將茶端至兩人面前，便退出房門外，溫螢也跟著走了出去。

高峻端起茶啜了一口，壽雪也跟著喝了一口，一時間，誰都沒有說話。

雙方皆不願意開口的原因，是因為兩人心裡都很清楚，接下來便是面臨道別的時刻。

但夜晚再怎麼漫長，總不是永無止境。

高峻終究放下了茶杯，率先說道：

「……朕很高興妳平安無事。」

他的聲音依舊是如此靜謐、慈和且帶著一股暖意。

「梟突然不再說話，讓朕一度相當擔心。」

「唔……火山得暫止歇，皆梟之功。」

「這個朕聽說了，梟做事也真是亂來。」

「宵月安在否？」

「目前界島上的阿俞拉能與烏對話，因此還是能利用宵月與界島傳遞訊息，相當方便好用。」高峻答她。

「善。」

接著又是一陣沉默。壽雪已不知道該說什麼才好。

「……聽說是花娘的父親安排了船隻讓你們渡海？」高峻再度開口問道。

壽雪點頭：「承蒙知德出手相助……今後亦將蒙其教誨。」

高峻抬頭望向壽雪，壽雪也凝視著高峻。

「吾將以海商為業，暫隨知德往來諸國，修習海商之術。」

「海商……」

「吾見大海，方知其巨而不羈，令人望而生懼。願渡海一睹異國風采，不枉此生。」

高峻凝視壽雪的臉孔，少女臉上正散發著前所未見的飛揚神采。

「好吧……」

半晌之後，高峻垂下了頭，說道：

「海商確實很符合妳的性格。」

「花娘亦有此語。」

「妳見過花娘了？」

「然也……吾受花娘恩情，難以報答，若為海商，當思納貢以報其恩。」

高峻微微一笑，說：

「依花娘的性格，她多半只希望妳能過得平安順遂，除此之外別無所求吧。」

「納貢亦為息災無病之證。」

「原來如此。」

高峻的臉上再度漾起微笑。這種平靜淡然的溫和笑容，十分符合其人的性格。

「吾思曩昔，汝亦曾數度言及海商之妙。吾心向此道，實種因在汝。」

「嗯……不管是阿開、花陀、花勒、雨果還是沙文，妳想去哪裡，就可以去哪裡。」

相較之下，高峻卻沒有這樣的自由。說起來這實在是相當諷刺的一件事。原本被束縛在後宮的壽雪得以展翅高飛，反而是高峻永遠沒有辦法離開宮城。如此說來，真正不自由的人其實是高峻。

「高峻……汝所立之約，無一相違。」

——是高峻拯救了烏妃，拯救了柳壽雪。

壽雪不再開口說話，只是眨了眨眼睛。此時即便有千言萬語，亦無法表達心中的謝意。自從高峻稱壽雪為半身之後，壽雪便深深感受到心靈獲得了救贖。不管是壽雪，還是高峻，此時再說一個字都是多餘。

「……感激不盡。」

許久之後，壽雪只說了這麼一句話。高峻瞇起了雙眸，凝視著眼前的少女，那眼神讓壽雪想起了當初在界島看見的大海。如此平穩，如此深邃，如此浩瀚無邊。

壽雪心想，高峻這個人確實就像是大海一樣。

從此刻起，壽雪便知道以後每當自己遠眺大海時，必定都會產生這樣的感觸。

「壽雪。」

高峻忽然起身，走向了房間的角落。牆邊有一張桌子，上頭擺著一張棋盤。他拿起一顆黑子，遞給壽雪，說道：

「下吧。」

壽雪於是接過黑子，放在棋盤上，高峻也跟著以白子下了一子。

這盤棋究竟下了多久呢，恐怕誰也忘了計算吧。

「今天，就下到這裡吧。」

高峻低頭看著壽雪，同時壽雪也仰頭望向了高峻。

兩人視線相交，只維持了極短暫的時間。

見高峻面露微笑，壽雪凝視著高峻的眼睛，而後，也笑了起來。

接著壽雪轉頭望著棋盤，輕輕地點頭，並站了起來，默默離開了高峻身邊。

高峻也同樣不再多說一句話。

✿

壽雪走出了房間後，原本守候在門邊的溫螢默默地跟了上來，再往前走了幾步，看見了站在前方的衛青。於是她停下腳步。

只見衛青從懷裡掏出一樣東西，遞到她面前。壽雪低頭一看，卻是一條手帕。

「……此是何物？」

「從前向您借的東西，一直找不到機會歸還。」

「噢……吾幾忘之。」

壽雪抬頭朝衛青的臉上瞥了一眼，說道：

「吾已非妃嬪，無須以宮廷之禮待吾。」

衛青想了一下，回答：

「……反正以後不可能再見面，也不用改了。」

「既是如此，可隨汝便……此手巾汝可收用，但求汝另取一手巾與吾。」

「您要我的手帕？作何用途？」

「吾欲得一物以為航海護符，嘗聞以至親隨身之物為佳。」

衛青沉默了好一會兒，心不甘情不願地從懷裡掏出另一條手帕交給壽雪。

「多謝。」

壽雪伸手接過，衛青更是一臉尷尬。她只是回以淡淡一笑，便從衛青的身旁通過，走沒幾步，衛青忽然回頭，喊了一聲「壽雪」。

壽雪停下腳步，回過頭來，一時之間還以為自己聽錯了。

「壽雪……妳自己保重。」

衛青臉上除了一如往昔的冷漠之外，還多了幾分寂寥，及一絲若有似無的骨肉之情。那過度複雜的表情，讓壽雪忍不住笑了出來。

「吾亦喚汝阿哥，何如？」

衛青一聽，馬上又板起了一張臉，惹得壽雪再度哈哈大笑。

「娘娘、娘娘！」

淡海的聲音，讓壽雪回過了神來。船體因波濤而大幅擺動，壽雪趕緊伸手扶住了船舷。

「吾離宮日久，莫再以娘娘相稱。」

「沒辦法，其他稱呼都叫不習慣。」

「汝至今未曾改口，何來不慣？」

順風讓風帆高高鼓起，船首正以驚人的氣勢破浪前進。今天的氣候最適合航行，帶著鹹味的海風拂上臉頰，也同樣吹拂著她的銀髮。此時的壽雪身穿黑袍，束在腦後的銀色長髮在陽光照耀下閃爍著燦爛的光芒。

自從離開霄國為止，已過了一年多的時日。知德的船在阿開停泊了一陣子之後，到花陀也停泊了一段時間，如今正要返回霄國。海商過的正是這種往來各國的遷徙生活。

「娘娘，妳在看什麼？除了大海和天空之外，應該什麼也看不見吧？」

「海。」

「娘娘真的很喜歡看海。」淡海哭笑不得地說道。

正如淡海所言，壽雪只要一有空閒，就會默默地眺望海面。

「看海的時候，妳在想些什麼？」

「……棋中乾坤。」

「想到了什麼妙著嗎？」

「不可言。」壽雪笑著說道。

海上的浪花因陽光照射而耀眼奪目，讓她忍不住瞇起了雙眼。

「娘娘。」

溫螢從下方的船艙來到了甲板上，呼喚著壽雪。事實上不只是淡海，直到現在所有人還是以「娘娘」稱呼她，就連九九也不例外。

「九九請娘娘進船艙吃燒餅。」

「甚好。」

「要不要把燒餅送上來？」

「不可，若復為海鳥所奪，悔之晚矣。」

溫螢輕輕一笑，下艙房去了。

「哎喲，說海鳥，海鳥就到了。」

淡海將手放在額頭上，仰望著天空說道。

壽雪抬頭一看，果然看見一隻鳥往這個方向飛來。

「等等，只有一隻，好像不是海鳥……啊，果然……」

「……斯馬盧？」

飛至船上的鳥，原來是一隻星烏。那星烏筆直飛至壽雪等人所搭乘的船上，停在船舷處。壽雪於是從腰帶裡取出一張捲起的紙片，以熟稔的動作將紙片塞進星烏腳上的圓筒中。這隻星烏是斯馬盧，並不是梟。星烏是鳥的「使部」，壽雪如今利用牠來傳遞訊息給高峻。不過所謂的訊息，其實沒什麼大不了，只是告知自己下一步棋的位置而已。

「此著絕妙，或可制敵。」

「這次終於有機會贏陛下了？」

「高峻亦曾為吾手下敗將。」

「幾勝幾負？」

「……」

星烏展翅高飛，轉眼之間只剩下一個小點。

「娘娘！」身後傳來了九九的催促聲。

「汝等先行，吾隨後便至。」壽雪雖然嘴上這麼回答，還是忍不住凝睇著大海。

鵲妃產下一女，鶴妃亦產下一子。母女、母子雙雙平安，舉國為之歡騰。

鶴妃晚霞的兒子在十歲那年，由花娘收為養子。其後高峻冊立花娘為皇后，晚霞的兒子也順理成章成了皇太子。

之季走進洪濤院的書庫時，看見一個熟悉的人物正在尋找架上的書簡。

「岳兄。」之季喊了一聲。那人是戶部侍郎岳昭明。

「令狐兄。」

昭明有著高䠷的體格及精悍的臉孔，再配上那不苟言笑的神態，經常遭人誤以為是武官出身，儘管男人顧盼之間流露出一股陰鬱之色，但舉手投足卻無一不展現出高貴的教養。

「你在找什麼？」

「我在找欒朝律書……有些關於稅律的問題想要釐清。祕書省書庫沒有，照理來說應該在這裡才對。」

「我記得是放在那裡……」之季毫不遲疑地走向書庫的深處，翻找出一部卷軸。

「你要找的是這個吧？」

昭明瞪大了眼睛，接過卷軸後說道：

「不愧是令狐兄，感激不盡。」

「小事不足掛齒。」之季笑著說道。昭明向來是個認真、謹細之人，能夠受他如此稱讚，之季反而覺得有些不好意思。

「我等等跟弟弟有約，正擔心遲到會挨罵，幸好有令狐兄伸手相助。」

「令弟來到了京師？我記得你有兩位弟弟，是哪一位？」

「兩個都來了。很久沒見，想趁這個機會喝酒慶祝一下。」

「原來如此。」

——慶祝外甥成為皇太子？

之季想要這麼問，但最後忍住了，並沒有問出口。岳昭明本來的姓名是沙那賣晨，為名門沙那賣家族的長子，後來獲高峻賜姓及改名，成了岳昭明。如今朝廷裡只有寥寥數人知道他的出身，他也從來不對人提起。之季知道這件事，是因為從前當賀州的觀察副使時，與沙那賣晨有過一面之緣。

即使是在廟堂之內，也只有少數幾人知道朝陽已經自盡身亡，以及其背後的隱情。

晚霞雖然在後宮中貴為鶴妃，但沙那賣一門畢竟只是地方上的豪族，政治實力不足以作為其後盾。再加上發生了沙那賣朝陽的事件後，沙那賣家族的立場變得相當尷尬，因此雖然晚霞是皇太子之母，朝廷內並沒有出現擁立晚霞為后的聲浪。

「我記得你最小的弟弟接掌了家業？」

「沒錯，么弟是現在的當家，二弟則在解州。」

「我想起來了，他進了羊舌家……」

沙那賣家的次子後來成為羊舌慈惠的養子，不僅繼承了慈惠的鹽商事業，還娶了他的侍女為妻，那侍女也是羊舌族人的女兒。

慈惠在五年前以年邁為由，辭去了鹽鐵使的工作，接任這個職務的人正是之季。

「真羨慕岳兄的手足情深。」之季笑著說道。

昭明也跟著面露微笑。過去昭明一直是個做事一板一眼的人，給人死腦筋的印象，但這兩年經過了一些磨練，待人處事也變得圓滑許多。

之季心想，昭明在高峻的面前如此受重用，除了能力優秀之外，或許也是因為他整個人散發出一種陰沉、憂鬱的氛圍吧。雖然高峻是個好惡不形於色的人，但之季擔任高峻的近臣多年，已充分能夠揣摩上意。

「請代我向他們問好。」

「先告辭了。」

昭明作了一揖後轉身離開。之季實在無法想像，昭明和他的弟弟們把酒言歡會是一幅什麼樣的景象。

❀

剛滿三歲的女兒正在沙灘上遊玩，從遠處不斷傳來清脆的笑聲。

亘走出宅邸，原本要前往港口，聽見了女兒的笑聲後，不由得與送出門外的妻子對看一眼，兩人不約而同地走向沙灘。女兒正在沙灘上與乳母的孩子們玩著追逐遊戲，乳母、侍女及慈惠皆守在一旁。

「你該走了，免得趕不上船。」

慈惠朝亘說道。此時的慈惠已完全習慣了隱居生活，成了個溺愛孫女的悠閒老人。

「正要出發。」

亘應了之後，又提醒道：「乾爹，我不在的時候，你可別太寵孫女。」

慈惠只是笑了笑，卻沒有點頭同意，亘也只能搖頭苦笑。

玩得滿身泥沙的女兒看見了父親，朝著亘直撲而來，將他緊緊抱住。亘的身上登時沾了不少沙子與鼻涕。妻子取出手帕，為女兒擦拭。

妻子原本是慈惠的侍女，慈惠一度想將她送進後宮，但後來打消了念頭。聽說這整件事情的背後都與前朝遺孤有關，但亘並沒有細問。

妻子不愧是能夠獲得慈惠賞識的少女，不僅聰明賢慧，而且個性開朗大方。事實上自從亘第一眼看見妻子，就喜歡上了她。雖然從慈惠詢問亘願不願意娶自己的侍女為妻，一直到現在為止，亘從來不曾明確表白過，但慈惠及侍女似乎皆早已看出了亘的心意。

亘撫摸著女兒的頭，訓誡道：「爹不在的時候，妳要乖乖聽娘的話。」

女兒精神奕奕地應了一聲「好」，但亘知道這個女兒天性頑皮，肯定又會惹出不少事。

女兒應完了話，馬上轉身又與乳母的孩子們玩鬧了起來。亘不禁苦笑，看來女兒實在是個靜不下來的孩子。

慈惠站在一旁，默默地看著眾人。海面上的燦爛陽光、平穩而規律的海潮聲，以及孩子們朝氣蓬勃的歡笑聲……慈惠忍不住伸手抹了眼角。

「沙子跑進眼睛裡了？」

亘想要遞出手帕，慈惠卻揮了揮手。

「不……你別在意我。人一旦上了年紀，動不動就會流眼淚。」

亘默默將手帕放回懷裡。妻子曾經提過，慈惠原本有個女兒，但年紀輕輕就死於非命。

亘伸手輕撫著慈惠的背部，就像當年慈惠為自己做的那般。

「乾爹，孫女就麻煩你照看著了。」

說完這句話之後，亘轉身走向港口。

「果然……這一件的顏色好一點。」

「哪件都好，快拿來讓我穿上。」

沙那賣亮對著幫忙更衣的妻子催促道。妻子向來是慢郎中性格，亮不時得提醒她加快動作。今天是搭船出港的重要日子，她卻還在衣服的顏色上猶豫不決，讓亮急得像熱鍋上的螞蟻。偏偏妻子又是個相當頑固的人，就算受丈夫催促，也不會輕易妥協。

最後妻子挑了一件露草色❷的長袍。那是亮經常穿的顏色。既然最後還是挑了這顏色，為什麼還得耗費那麼久的時間？亮很想這麼問，但忍了下來。因為一旦問了，妻子一定會說出一堆令人匪夷所思的理由。

「等等，腰帶是不是該換成白色？」妻子嘴裡咕噥。

「我走了。」亮像逃命般走向門口。再這樣耗下去，就不用出門了。

「我送你到港口吧。」

「不必，妳待在家裡就好。」

亮正要開門，偶然想起一事，又回頭問道：

「……妳有沒有什麼話想對我哥哥說？」

「咦？」

妻子愣了一下，說道：

「對大伯嗎……唔，孩子出生的時候，謝謝他們送來很多賀禮。」

亮與妻子育有一男一女，兩個孩子出生的時候，哥哥們都送了相當多的賀禮。

「這種事，就算妳不提，我也不會忘了。」

「除了這個之外……我要說什麼？」妻子一臉困惑地說道。

弟弟的妻子對哥哥沒有太多可以說的話，這是理所當然的事。但直到此刻亮確認了妻子的反應後，內心才確實感到鬆了口氣，但旋即又自責起來。仔細想想，自己問妻子這個問題，不過是為了獲得安心感罷了。

「……沒有就算了。」亮隨即走出了房間。

妻子吉菟女原本預定要嫁給晨，但後來因晨拒絕繼承家業，亘又成為羊舌家的養子，因

2　灰藍色。

此當家的擔子便落在三弟亮的肩上。

當初晨決定拋棄沙那賣家的時候，以及朝陽決意尋死的時候，他們兩人是否曾經想過吉菟女的處境？亮心想，他們應該都不曾想過吧。雖然晨一定不會承認，但亮覺得就這一點而言，晨其實和父親頗為相似。

因為亮成為沙那賣的當家，所以吉菟女嫁給了亮。彷彿打從一開始，這就是心照不宣的默契。吉菟女要嫁的對象並不是晨，而是「沙那賣的當家」。

吉菟女沒有嫁給晨，卻嫁給了亮。她到底抱著什麼樣的心情，亮無從得知，也不敢問。菟女是個經常露出靦腆微笑的女孩，這一點從當初嫁給亮到現在都不曾改變。她總是給人一種稚嫩、天真的印象。

亮帶著鬱悶的心情走在前往港口的道路上，身旁的隨從忽然說道：

「老爺，夫人追上來了。」

亮停下腳步轉頭一看，只見菟女匆匆忙忙跑了過來。

亮正感納悶，菟女氣喘吁吁地說道：「你忘了東西。」或許因為跑得太急的關係，她不僅雙頰泛紅，而且額頭冒出了汗水。

「忘了東西？何必自己跑出來，派個人送過來就好了。」

「那可不行……」

菀女攤開手掌，掌心擺著一枚雙鳥圖騰象牙佩飾。她將那佩飾吊在亮的腰帶上，這才心滿意足地吁了口氣。

「老爺就麻煩你照顧了。」

菀女如此吩咐隨從。

「慢走，路上小心。」

她面露微笑，作了一揖，接著便轉身沿原路回去了。這佩飾是菀女送給亮的禮物，亮每次出門都會佩掛在身上。當然，每次都是妻子親手為自己吊上去的。

亮再度邁步而行，卻見身旁的隨從露出似笑非笑的表情，亮狐疑地問道：「怎麼，你笑什麼？」那隨從的年紀相當輕，亮感覺跟他相處比較沒有壓力，因此每次出門都命他隨行。

「沒什麼，只是……覺得夫人有點可怕。」

「可怕？」

亮不由得愣住了。菀女那充滿稚氣的形象，與可怕實在是八竿子打不著。

「老爺，您向來直覺敏銳，怎麼只要是關於夫人的事，您就變遲鈍了？這佩飾上的雙鳥圖騰是夫妻的象徵，夫人將它別在您的身上，是要將您牢牢綁住吶。」

「將我……綁住？」

「當然是避免其他女人來招惹您。」

亮愣愣地看著隨從的臉，說道：「不可能吧？你想太多了。」

那隨從露出一臉取笑的表情：

「京師裡多的是氣質高雅的美女，這點您應該也很清楚。夫人剛剛對我說的那句『老爺就麻煩你照顧了』，意思就是要我把老爺您看緊了，不讓您在京師拈花惹草。這可是夫人私下親口交代過我的事情。她還說，如果您要上青樓，說什麼也要把您給拉住。所以我說啊，夫人這醋勁可是相當大，老爺您可要多提防著點。」

「……」

亮不再說話，只是繼續向前邁開步伐。

「啊……糟了。」

「老爺，什麼事糟了？」

「我忘了問她想要我買什麼東西回來。」

「……老爺，您怎麼看起來反而有些開心？」

垂掛在腰帶下的雙鳥圖騰正隨著步伐輕輕搖擺，看起來是如此地惹人憐愛。

這裡是鯊門宮，一座位於宮城內的離宮，從前亮及晨來到京師時，也是住在這個地方。

當亮抵達時，兩個哥哥早已到了。

「好久不見了，亮。」

晨起身迎接弟弟。

「孩子們可安好？」

一旁的亘正仰靠在椅背上，輕啜著茶，桌上擺著包子、粽子等簡便的餐點。

「兩個都很好，謝謝你們送的賀禮。」

此時亘忽然笑了起來，說道：

「沒想到亮竟然能說出這麼得體的話，看來他真的是長大了。」

「二哥，你在說什麼啊……我已經快三十了，你還當我是從前那個三弟嗎？」

亮嘴上這麼抱怨，心裡卻想，二哥亘竟然變得如此平易近人。從前的亘總是擺出一副讓人捉摸不透的態度，絕不會露出這樣的笑容來。

晨則是在一旁微笑不語。亮跟著又想，這個大哥的態度也比以往和善得多，但是另一方面，他的眉目之間卻透著一股濃濃的寂寥之色。

兩個哥哥的變化如此之大，那自己呢？亮想來想去，實在不覺得自己有任何改變。

「晚霞應該快到了吧。」晨說道。

如今的晨已經有了另一個姓名，但在亮的心裡，晨依然是晨。當初晨為什麼要拋棄沙那賣一族的身分，他直到現在依然是似懂非懂。晨與父親不睦，這一點自己當然明白。但是大哥拋棄一切的理由，似乎並沒有那麼單純。亮曾經開門見山地詢問他，得到的卻是相當模糊的答案。他猜想，晨大概一輩子都不打算說出真相吧，因此也沒有再追問。

此時，從不遠處響起了腳步聲，而且聽起來應該是女子特有的步伐。

「來了。」亘說道。

三兄弟同時起身迎接晚霞。只見晚霞踏著婀娜多姿的步伐翩然到來，身上的淡紅色披帛上下翻舞。此時晚霞的身材看起來比年輕時豐腴了一些，一舉手一投足反而更見端莊優美。

「諸位哥哥，好久不見了。」

「我們有幾年沒見了？」亘瞇著眼睛凝視晚霞。「不過妳跟大哥都在京師，你們兩人應該經常見面吧？」

「其實倒也沒有，畢竟大家都很忙……大哥，你說是嗎？」

晚霞噘著嘴望向晨，晨只是苦笑。

「大哥當然忙，他可是戶部侍郎。」亘說道。

「跟妳完全不一樣。」亮跟著說道。

「我可也是相當忙碌的。」晚霞瞪了亮一眼。

「只有不忙的人，才會一天到晚說自己很忙。」

「那也不見得吧？三哥，你真是一點也沒變，講話還是這麼毒。」

晚霞立刻板起了一張臉。這種動不動就生氣的性格，與年輕時的她相較，幾乎不曾有任何改變。

「對了，三哥，嫂子最近好嗎？她是吉鹿女的女兒，不曉得是不是跟母親很像？我一直想要和她見上一面，你下次把她一起帶來嘛。嗯，乾脆把你的兩個孩子也一起帶來好了，我記得大的是哥哥，小的是妹妹？」

晚霞如連珠炮般說了這麼一長串。

「妳冷靜點，慢慢說就行了。」亮說道。一旁的亘則遞了一杯茶給晚霞。

「等兩個孩子再大一點，我自然會把他們帶來……對了，我想買一些京師的東西回去當禮物，妳有什麼建議？」

亮心想，這種問題問晚霞應該是不會錯的。

「給孩子們？」

「不，給菟女。」

「噢……」

晚霞瞪大了眼睛，顯得有些意外，但她還是很熱心地說道：「我想想……花陀的螺鈿篦櫛及簪子應該不錯。最近京師正流行花陀的飾品。」

「我介紹你一間不錯的肆❸。販賣舶來品的商人良莠不齊，你自己一個人瞎買，小心受騙上當。」

「對了，我也得買篦櫛回去，差點就忘了。」

亘笑著說：「亮，你要去市場的時候，記得找我一起去，幫我挑幾套孩子的衣服吧。女兒一直央求我，說非買衣服回去給她不可。」

「羊舌老當家最近好嗎？陛下也掛念著他。」晨忽然問道。

「他很好，身子骨比我還硬朗。我女兒也都被他給寵壞了，這次來京師，他吩咐我要買酒回去。」

「那很好。」晨淡淡一笑。

「說到陛下……」晚霞以略帶笑意的口吻道：「岳兄，陛下似乎希望由你擔任皇太子的老師，這件事你知道嗎？」

「我不僅知道，而且已經婉拒了。」

「咦？為什麼？」

「朝廷裡多的是能夠當太師的優秀人才。」

亮心想，大哥應該是不希望與外甥的距離過近吧。

「陛下希望皇太子是個通才，知識不要過於偏頗。畢竟大哥現在是學士承旨。除此之外，我相信陛下這麼決定，也是為了大哥著想。」晚霞說道。

「妳說陛下為了大哥著想？」亘驚訝地問。亮聽了倒不吃驚，當今陛下確實有著體恤臣子的一面。

「陛下知道我們幾個手足感情很好，因此給你機會多和外甥相處，可別辜負了陛下的一片好意。」

3　店家。

晨沉默了半晌，轉頭望向窗外，一臉不知如何是好。

「……讓我考慮一下。」

「大哥，你一定要答應，好嗎？我兒子和陛下很像，是個天資聰穎的好孩子，和他相處過之後，你一定會喜歡上他。我真的很慶幸那孩子的個性不像我。」晚霞笑著說。

鴦妃雖然收了晚霞的兒子當養子，但那只是讓鴦妃晉升皇后的表面儀式罷了，晚霞和兒子的母子關係並沒有斷絕。不過另一方面，亮也曾聽說過，鴦妃花娘真的很疼愛皇太子，並不完全只是形式上的收養關係。

亮針對這一點詢問晚霞，她點頭說道：

「花娘娘本來就是個慧黠又善良的人，對孩子特別溫柔。她不僅對我兒子很好，還推薦了很多適合孩子看的書卷。」

晚霞說得理所當然，顯然她對皇后寄予完全的信任。

接下來的話題，從皇太子聊到了亘及亮的孩子，四人之間更是歡笑聲不斷。亮心裡不由得鬆了口氣，仔細觀察晨的神情，只見他也喜形於色，可見得兄弟們的心情都大同小異。晨這些年來堅持不娶妻、不納妾、不生孩子，這些手足們都心知肚明，也刻意避免提及。如果是他喜歡孑然一身，大家也不會覺得有何不妥，但顯然並非如此。

晨似乎每天都活在煎熬之中，而且這煎熬應該與父親朝陽有關。亮雖然不清楚詳情，但看得出晨心中有著很大的創傷。

太陽逐漸西斜，晚霞先回後宮去了，三兄弟移動到晨的寓所，繼續天南地北地閒聊。雖然有酒水，但無歌伎也無絲竹之樂，以酒宴來說實在是頗為冷清。

——大哥，真的沒有任何人能夠幫助你解決煩惱嗎？

亮想要這麼問晨，卻問不出口。就算問了，多半也只會換來寂寞的微笑吧。

❀

兩個弟弟在晨的寓所大約住了十天後，各自帶著大包小包的禮物踏上了歸程。晨見他們都過得很好，著實感到安心不少，現下自己反而成了弟弟們擔心的對象。

前往港口之前，亘這麼告訴晨：

「大哥，你一定是被那個人詛咒了。」

晨聽得出來，「那個人」指的是沙那賣朝陽。

「詛咒？」

「沒錯，他在死之前，一定對你下了詛咒。」

「……」

「當初是慈惠老當家解開了我的詛咒。雖然我不知道你受的是什麼樣的詛咒，但我希望有一天你也能獲得自由。」

說完這幾句話後，亘便轉身離去了。

——我永遠不會有獲得自由的一天。

因為自己身上的詛咒，是一道血脈的枷鎖。

晨前往了洪濤院，古老的墨水與木頭的香氣，帶給晨一種難以言喻的恬適感。

晨走在放滿了卷軸的槅架之間，驀然聽見一陣輕盈奔跑的腳步聲，緊接著一道小小的身影朝自己撞了上來。

「啊……」

因為撞擊的力道，那身影差一點向後翻倒，晨趕緊按住了對方的肩頭。那是一名少年。年紀相當幼小的少年。晨心中一凜，趕緊跪了下來。

能在這種地方奔跑的少年，只會有一個人。

——皇太子！

「殿下，您沒有受傷吧？」

「嗯……對不起。」

少年撫摸著撞疼了的鼻子，向晨道歉。晨不禁心想，這孩子確實了不起。他是皇帝的唯一兒子，平日的生活一定是被大人們捧在掌心，但他的態度非常真誠而坦率，沒有半分高傲之氣。

——確實和陛下頗為神似。

不管是相貌、舉措還是那不以威壓服眾的謙和態度，都是高峻的翻版。

「殿下，您的隨從呢？怎麼只有您一個人？」

「我逃掉了。」

「……為什麼要逃？」

「因為他們說有些書還不能讓我看。」少年噘嘴說道。

晨不由得苦笑。這孩子確實也有像晚霞的一面。

「洪濤院的書庫裡，有很多珍貴的書卷，這些典籍因為老舊的關係，很容易受損。」

少年沉默不語，只是凝視著晨的臉，不知在想些什麼，半晌後才說道：

「……如果典籍有所損傷，會被處罰的人不是我，而是我的隨從，是嗎？」

他滿臉反省之色，又說了一句：「對不起，我不應該在這個地方奔跑。」

就在這個瞬間，晨感覺到一股熱流自胸口往上竄升。為什麼會出現這樣的情感變化，晨自己也說不出個所以然來。

不知道為什麼，有一股衝動想要好好照顧這個惹人疼愛的聰明外甥。

——啊啊……

原來血脈並不是一道枷鎖。

晨閉上雙眼，垂下了頭，靜靜感受著體內湧流著的灼熱血潮。

✿

岳昭明除了是皇帝高峻的近臣，同時也身為皇太子的老師。光陰荏苒，高峻因為老邁而退位，外甥登基為帝，昭明更成為了輔佐皇帝的股肱之臣。

✿

高峻退位之後，移居至城外某離宮，在那裡度過了餘生。

據傳在高峻晚年，經常有一名老媼出入離宮。

那老媼有著一頭泛著銀光的油亮白髮。高峻與她總是以下棋為樂。

（完）

國家圖書館出版品預行編目資料

後宮之烏 7：海之彼方 / 白川紺子作；李彥樺譯
. -- 初版 . -- 臺北市：三采文化股份有限公司,
2023.04- 冊； 公分 . --（iREAD；162）

ISBN 978-626-358-039-8（第 7 冊：平裝）
861.57 111021451

suncolor
三采文化集團

iREAD 162

後宮之烏 7：海之彼方

作者｜白川紺子 繪者｜香魚子 譯者｜李彥樺
編輯二部 總編輯｜鄭微宣 主編｜李媁婷 責任編輯｜藍勻廷 校對｜黃薇霓
美術主編｜藍秀婷 封面設計｜李蕙雲 內頁排版｜魏子琪 版權協理｜劉契妙

發行人｜張輝明 總編輯長｜曾雅青 發行所｜三采文化股份有限公司
地址｜台北市內湖區瑞光路 513 巷 33 號 8 樓
傳訊｜TEL:8797-1234 FAX:8797-1688 網址｜www.suncolor.com.tw
郵政劃撥｜帳號：14319060 戶名：三采文化股份有限公司
本版發行｜2023 年 4 月 14 日 定價｜NT$380

suncolor

suncolor